原文からひろがる源氏物語

葵

田中順子

袖濡るる
こひぢと
かつは
しりながら
おりたつ
田子の
みづからぞ
憂き

もくじ

葵巻系図

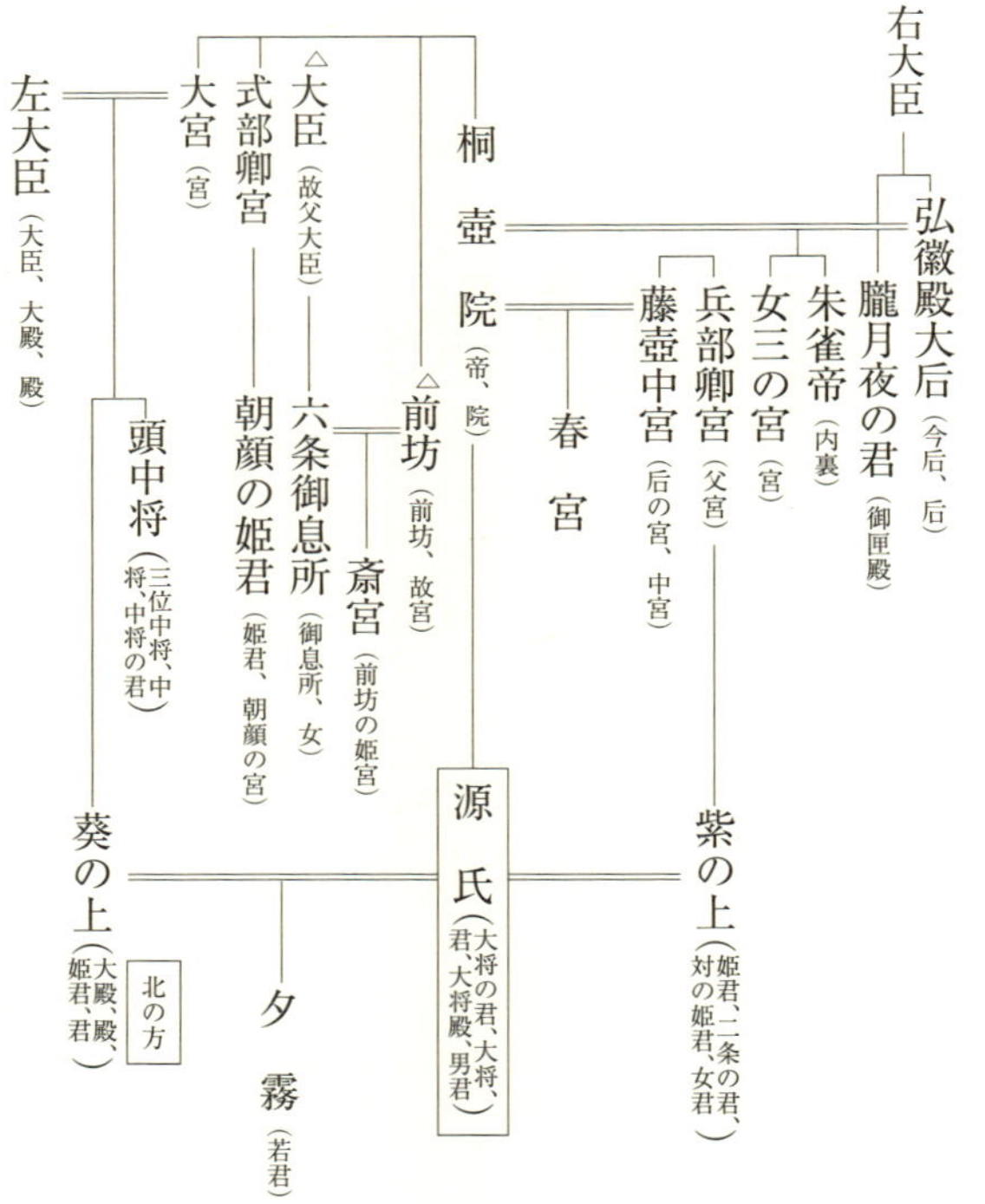

右近の蔵人の将監
惟光
少納言の乳母（少納言）
弁
中将の君
源典侍（祖母殿、典侍、内侍）
宰相の君
中納言の君
王命婦（命婦の君）
あてき
暦の博士

・△は故人をさす
・（　）は、その巻での呼び名をさす
「日本古典文学全集」（『源氏物語2』小学館、平成十六年度版所収より）

葵《あふひ》

御代替わり

世の中かはりてのち、よろづもの憂《う》くおぼされ、御身のやむごとなさも添ふにや、軽々《かるがる》しき御忍びありきもつつましうて、ここもかしこも、おぼつかなさの嘆きを重ねたまふ報《むく》いにや、なほ我につれなき人の御心を、尽きせずのみおぼし嘆く。今はましてひまなう、ただ人のやうにて添ひおはしますを、今后《いまきさき》は心やましうおぼすにや、内裏《うち》にのみさぶらひたまへば、立ち並ぶ人なう心やすげなり。をりふしに従ひては、御遊びなどを、このましう、世の響くばかりせさせたまひつつ、今の御ありさましもめでたし。ただ春宮《とうぐう》をぞ、いと恋しう思ひきこえたまふ。御後見《うしろみ》のなきを、うしろめたう思ひきこえて、大将《たいしやう》の君によろづきこえつけたまふも、かたはらいたきものから、うれしとおぼす。

《世の中かはりてのち》――『花宴』の巻から二年の歳月が流れ、物語の舞台は新帝朱雀の御代と様変わる。桐壺帝は退位し、桐壺院となった。『紅葉賀』の巻の終わりで、帝は《おりゐさせたまはむの御心づかひ近うなりて、この若宮を坊にと思ひきこえさせたまふに》と、退位をほのめかしていた。藤壺が生んだ若宮を皇太子（坊）にと願っての配慮であった。

新帝朱雀は弘徽殿女御の生んだ第一皇子、時の権勢は自ずと新帝の祖父右大臣方へと移っていく。皇太后となった弘徽殿女御は新帝の後ろ盾として一段と幅を利かせ、源氏への憎しみを募らせているであろうことは想像に難くない。

これまで政《まつりごと》の中心にいた桐壺帝は、源氏にとっては常に「父帝」であった。子を思う父帝の厳しくも温かい眼差しに支えられて、源氏は宮中での地位を着実に築いてきた。それが今、内裏に参上しても自分を待っていてくれる父帝はいない。まして奥の人の気配に胸をときめかすことはなく、索漠とした思いをかみしめるだけだった。

内裏を包む空気は源氏に重苦しい。《よろづもの憂くおぼされ》と、源氏は憂愁に閉ざされた表情で登場する。《よろづ》ということばが憂いの深さを伺わせる。内裏のことばかりでなく外界のことすべてに物憂く気持ちが動かない。

そんな源氏の様子の一端が《御身のやむごとなさも添ふにや、軽々しき御忍びありきもつつましうて、ここもかしこも、おぼつかなさの嘆きを重ねたまふ報*いにや、なほ我につれなき人の御心を、尽きせずのみおぼし嘆く》と語られる。

源氏は順調に昇進して『花宴』では宰相の中将だったのが、今では近衛の大将、従三位相当の上達部という政の重責を担っている。そのため忍び歩きもままならなくなり、あちこちの女たちをあてもなく待たせることになった。源氏に逢えず嘆きを重ねる女たちの恨みは積もるばかりで源氏はその報いなのか、もはや手の届かぬ人の面影を追っては悶々と嘆きを重ねていた。《尽きせずのみおぼし嘆く》の《のみ》が語るように、深い吐息と共に心の闇を見つめ苦しみもがくしかないのだった。

中宮となった藤壺は桐壺院と共に内裏から上皇御所に移った。内裏から離れた藤壺は《今はましてひまなう、ただ人のやうにて添ひおはしますを、今后は心やましうおぼすにや、内裏にのみさぶらひたまへば、立ち並ぶ人なう心やすげなり》と、ようやく心のやすらぎを得る。藤壺にとって内裏での日々は針の蓆だった。源氏との秘密の一切を多くの人の目から隠し通さなくてはならない身に、どんなわずかな過失も許されなかった。政から一歩引いた上皇御所は人の出入り、仕える女房の数も少なく、人目をそれほど気にしなくてもすむ。

極度の緊張がほどけて心おきなく院に寄り添い、院のために尽くす姿が《ただ人のやうにて》と表される。夫婦仲の睦まじさがまるで臣下の夫婦のように見えると言う。水も漏らさぬ二人の間に今后、弘徽殿女御が割って入る隙はない。《心やましうおぼすにや》と、深く傷ついた今后は二度と上皇御所を訪れようとしないのだった。「心やまし」は相手の態度に心が傷つけられたような不快な気持ちを表すことば。

傍目には敵とも競争相手とも映った弘徽殿女御が姿を消し、院の愛情を一身に集めて《心やすげ》ということば通りに藤壺は幸せの絶頂にいるように見える。だが心の内では何としても罪を償わなければという気持ちに駆りたてられていた。院を欺き子までもうけてしまった罪は、この先どんなに院に尽くしても償いきれるものではないと思う。それなのに院はあの弘徽殿を押しのけて自分を后の座に据え、我が子を守る基盤を作ってくれた。そんな院の深い愛情がどんなに有り難くもつらくもあるものか。

桐壺院は愛する人が常に側にいてくれることで、かつてなかったような心穏やかで満ち足りた日々を手に入れる。その様子が《をりふしに従ひては、御遊びなどを、このましう、世の響くばかりせさせたまひつつ、今の御ありさましもめでたし》と描かれる。

院は上皇御所で折りを見つけては《御遊びなど》――管弦の合奏など華やかな催しに力を入れた。時には趣向を凝らし又大々的な規模で派手やかに繰り広げたりしたので、世間の人々の耳目を引いた。そんな桐壺院の暮らしぶりを評して語り手は、《今の御ありさましもめでたし》と断言する。政から解き放たれた今の方が院はずっと生き生きとしてすばらしく見えると言う。《しも》の強意のことばに語り手の実感を込める。

幸せな院にも気がかりなことが一つあった。春宮の身の上である。春宮御所は内裏の中にあり、上皇御所に移ってからは容易には会えない。春宮は健やかにしているだろうか、子を案ずる気持ちが頭をもたげる。《ただ春宮をぞ、いと恋しう思ひきこえたまふ》の強意の《ぞ》が院の切ない気持ちを伝える。

しかし、政から手を引いた院にはどうしてやることもできない。《大将の君によろづきこえつけたまふも》と、春宮については源氏に何もかも託すしかなかった。「きこえつく」は頼む意の敬意のことば。

源氏は《かたはらいたきものから、うれしとおぼす》と、複雑な気持ちに見舞われる。春宮に対して親めいた世話をする立場は、何とも面映ゆく感じられるものの、わが子のために力を尽くせると思うとうれしさで胸が一杯になるのだった。

＊「われを思ふ人を思はぬ報ひにや我が思ふ人のわれを思はぬ」（古今集）による。

院の諫め

まことや、かの六条の御息所《みやすどころ》の御腹の前坊《せんぼう》の姫宮、斎宮《さいくう》にゐたまひにしかば、大将の御心ばへもいとたのもしげなきを、幼き御ありさまのうしろめたさにことづけて下《くだ》りやしなましと、かねてよりおぼしけり。院にも、かかることなむときこしめして、「故宮《こみや》のいとやむごとなくおぼし時めかしたまひしものを、軽々《かるがる》しうおしなべたるさまにもてなすなるが、いとほしきこと。斎宮をも、この御子《みこ》たちの列《つら》になむ思へば、いづかたにつけても、おろかならざらむこそよからめ。心のすさびにまかせて、かくすきわざするは、いと世のもどき負ひぬべきことなり」など、御けしきあしければ、

わが御ここちにも、げにと思ひ知らるれば、かしこまりてさぶらひたまふ。「人のため、はぢがましきことなく、いづれをもなだらかにもてなして、女の怨みな負ひそ」とのたまはするにも、けしからぬ心のおほけなさをきこしめしつけたらむ時と、恐ろしければ、かしこまりてまかでたまひぬ。

御代替わりと言えば《斎宮》のことに是非とも触れなくてはなるまい、《まことや》という話題を移す時のことばが語り手のそんな思いを伝える。

斎宮は伊勢の皇大神宮に天皇の名代として奉仕する未婚の内親王、またはその子の女王のことで、新帝即位の度に選ばれる。この度は《かの六条御息所の御腹の前坊の姫君》が斎宮に就いた。

《六条の御息所》と呼ばれる女性がここで初めて登場する。《六条の御息所》は《前坊》――亡くなった前の皇太子の妃だった人であり、前坊との間に一人の姫君をもうけ、その人が伊勢の斎宮に立ったのである。

語り手は《かの》ということばを添え、六条の御息所はすでに幾度か物語の中で語られているなじみの人物であることをほのめかす。

『夕顔』は《六条わたりの御忍びありきのころ》という文で始まる。『若紫』では、《おはする所は六条京極わたりにて》とあり、『末摘花』では、《六条わたりだに、離れまさりたまふめれば》とあって、どの場面でも源氏が訪ねようとした人の住む場所として紹介されている。

いずれも「六条わたり」は源氏がないがしろにはできない通い所として気にかけながらも、その時になると気持ちが弾まず、他の場所が浮かべばそちらに行ってしまう所として描かれていた。「六条わたり」は源氏の意志を裏切ってないがしろにされてきたのだった。

その「六条わたり」の人、御息所の方も《大将の御心ばへもいとたのもしげなきを》と、源氏の心はもはや自分を求めてはいないと感じている。《たのもしげなき》ということばが、源氏の気持ちやことばを支えにして生きていきたいのに当てにできない、先の見通しももてないという御息所の不信感を伝える。

御息所は《幼き御ありさまのうしろめたさにことづけて下りやしなましと、かねてよりおぼしけり》という心の内を明かす。それはいつも心の奥底に浮かぶ一つの身の振り方だった。

いっそ伊勢へ下ってしまったらどうか、源氏への気持ちを断ち切るためには都を離れるしかないのかもしれない、娘の伊勢下向は都を離れる口実となろう、娘は一人で遠い伊勢までやるには心もとない年ごろなので、自分が付いて行くのは決して不自然なことではないと思案する。《下りやしなまし》の疑問の《や》、仮想を表す《まし》の言い方が、下向《げこう》は未定の部分を残したまま揺れ動く気持ちの中での選択であることが伝わる。

ところが、こうした源氏と御息所の関係が世間で噂となり、あろうことか御息所が源氏から疎《うと》まれているといったことまで院の耳に入る。御息所のこととなれば院は黙ってはいられず、源氏に苦言を呈する。

まず《故宮のいとやむごとなくおぼし時めかしたまひしものを、軽々しうおしなべたるさまにもてなすなるが、いとほしきこと》と言って院は御息所に深い同情を寄せる。故宮（前坊）は御息所の誇り高い人柄をすばらしい美質として重んじ深い愛情を寄せていたのに、そのような人を源氏がたまさか逢う恋人の如く軽く扱うとはあまりに気の毒ではないか、御息所の立場も考えてやって欲しいと諫める。院は遺児である斎宮のことは自分の御子たちと同じに思っているし、ましてその母、御息所は大事な人なのだ。

《いづかたにつけても、おろかならざらむこそよからめ》――故宮の遺志を思っても自分の気持ちの上でも、御息所をおろそかに扱うのは甚だ不本意である、さらに《心のすさびにまかせて、かくすきわざするは、いと世のもどき負ひぬべきことなり》とずばり言い放つ。院は御息所の身分や立場を無視した源氏の不実を勝手気ままな《すきわざ》と言い捨て、そんなことをすれば世間の人が黙ってはいないと強い口調で叱った。

源氏には世の中の厳しさをわかってほしい、軽々しい振る舞いはつつしみ御息所にはしかるべき扱いで接して欲しいと親心をぶつける。院は《御けしきあしければ》と、いつにない険しい表情で迫る。《あし》は嫌悪を催す感じのことば。

父院の気持ちは《わが御ここちにも、げにと思ひ知らるれば》と源氏に痛いほど伝わる。御息所とは心から打ちとけられないまま時が過ぎ、二人の距離は埋まることなくここまで引きずってしまった。父院に言われる通り自分のわがままな振る舞いが御息所を振り回し追いつめたのだと思う。源氏は父院の傍らで反省を強く迫られ《かしこまりてさぶらふ》と、身を固くするのだった。

父院は源氏の恐縮しきった様子を見ると重ねて《人のため、はぢがましきことなく、いづれをもなだらかにもてなして、女の怨みな負ひそ》と忠告せずにはいられない。源氏は女の扱いについて大事なことがわかっていないという気がする。自分のことは棚に上げてもわが子の危うさにはつい親心が働く。

しかし、父院に御息所のことでここまで踏み込まれ忠告を受けているのに、源氏が心に浮かべるのは藤壺のことだった。父院が《けしからぬ心のおほけなさをきこしめしつけたらむ時と》――藤壺への秘めた恋心の一部始終を知ってしまったらと思うと、ただ恐ろしく身を縮めて退出するしかない。《けしからぬ》は通常の範囲をこえてよくない様、異常。《おほけなさ》は身の程知らずの意。父院の諫めは有り難いが、父院の前へ出れば秘密の露見が恐ろしくなって平静ではいられない。源氏は心が藤壺にとらわれて父院の心を真摯に受け止める余裕もないのだった。


またかく院にもきこしめしのたまはするに、人の御名も、わがためも、すきがまし

ういとほしきに、いとどやむごとなく、心苦しき筋には思ひきこえたまへど、まだあらはれては、わざともてなしきこえたまはず。女も、似げなき御年のほどをはづかしうおぼして、心とけたまはぬけしきなれば、それにつつみたるさまにもてなして、院にきこしめし入れ、世の中の人も知らぬなくなりにたるを、深うしもあらぬ御心のほどを、いみじうおぼし嘆きけり。

かかることを聞きたまふにも、朝顔の姫君は、いかで人に似じと深うおぼせば、はかなきさまなりし御返りなども、をさをさなし。さりとて、人憎く、はしたなくはもてなしたまはぬ御けしきを、君も、なほことなりとおぼしわたる。

源氏は父院の元を辞し心を静めてから、改めて父院より諌められたことに思いを巡らす。《またかく院にもきこしめしのたまはするに》と、二人のねじれた関係は院の耳にも届き世間に広まっていることを思い知らされる。父院が御息所の身を案じて自分を諌めたのももっともなことと思うのだ。

《人の御名も、わがためも、すきがましういとほしきに、いとどやむごとなく、心苦しき筋には》と、源氏は今のように忍んで逢う関係を続けていたら噂は一層広がり、なにより御息所の名を汚し自分の身も滅ぼしかねないだろう、御息所の重い身分を思えば、そんなことになるのは気の毒で放っておけることではない、何とかしなければならない《筋》のことなのだとは思う。

けれども《まだあらはれては、わざともてなしきこえたまはず》と、今はことさら二人の関係を表に立て結婚の形にもっていく気にはなれない。頭では院の忠告の意味がわかっているのに、気持ちが動こうとしないのだ。気詰まりな関係がそうすることで変わるとも思えない。

《女も、似げなき御年のほどをはづかしうおぼして、心とけたまはぬけしきなれば》と、源氏の恋の相手として《女》と呼ばれる御息所も、源氏とはしっくりいっていないことを感じている。かなりの年上なのを《似げなき》と恥じ、美しい源氏がこんな自分をどう思うだろうかと考えてしまうので、どうしても打ちとけられない。

源氏は源氏で、《それにつつみたるさまにもてなして》と御息所のそんな気持ちを知り抜いていながら、気を遣って遠慮しているように振る舞い、まともに向き合おうとしない。源氏のその遁げの姿勢を院が聞きとがめ、二人のことは世間の人々の広く知るところとなってしまった。

御息所は、二人のことが表沙汰になっているのに《深うしもあらぬ御心のほどを》たまらなくつらいと思う。源氏は本気で自分を愛しているとは到底思えないのがほんとうのところだ。源氏が相手であることによる表向きの華やかさと実質の不毛さの間で御息所は苦しむだけ苦しむ。《いみじう》、詠嘆の《けり》がその嘆きの深さを伝える。

世間で取り沙汰されている源氏と御息所の恋の顛末を感慨深く受け止めている人がいる。桃園式部卿の宮家の姫君、《朝顔の姫君》である。『帚木』の巻では源氏が朝顔の花につけて送ったという歌を中の品の女房がまちがえたまま得意そうに口ずさんでいたとあって、源氏と何らかのつながりをもつ姫君として紹介されていた。

源氏に疎《おろそ》かに扱われて悩んでいると聞く御息所のことは、他人事とは思えない。姫君は《いかで人に似じと深うおぼせば》と、決して御息所の二の舞いはすまいと我が身にひきつけて痛感する。《深う》ということばが思いの切実さを伝える。

あの源氏に強く迫られれば自分も御息所のように、身も心も許し深みにはまったまま、どんなに傷ついても悔やんでも引き返すことができなくなるかもしれないと思う。源氏の魅力を充分に感じるからこそ、心の準備なく恋の感情に巻き込まれていくことの危険もわかっている。

源氏からの文にはこれまでは《はかなきさまなりし御返りなども》——形ばかりではあったが返事を送っていた。が、御息所のことを聞いてからは《をさをさなし》とめったに書かなくなった。姫君はこの折りに源氏に対する自分の気持ちを突き放して見つめ直したいと思ったに違いない。

手紙を出しても姫君からの返事は殆ど来なくなってはいたが、源氏はそのことで自分が拒絶されているとは思わなかった。姫君の態度には《人憎く、はしたなくはもてなしたまはぬ御けしき》を感じるからである。「人憎し」は人が見て憎らしいと思う様、無愛想の意。姫君の振る舞いには人の心を傷つけまいとする心遣いが滲んでいる。そのような姫君には《なほことなり》といつも感嘆させられ、姫を慕う気持ちは少しも変わらないのだった。

大殿《おほいとの》には、かくのみ定めなき御心を、心づきなしとおぼせど、あまりつつまぬ御けしきのいふかひなければにやあらむ、深うも怨《ゑ》じきこえたまはず。心苦しきさまの御ここちになやみたまひて、もの心細げにおぼいたり。めづらしくあはれと思ひきこえたまふ。誰も誰もうれしきものから、ゆゆしうおぼして、さまざまの御つつしみせさせたてまつりたまふ。かやうなるほど、いとど御心のいとまなくて、おぼしおこたるとはなけれど、とだえ多かるべし。

左大臣家の女君は、夫である源氏の浮気沙汰のことは《深うも怨じきこえたまはず》あまり気に留めないことにしている。

左大臣邸へはさっぱり寄りつかないのに、御息所や朝顔との恋の噂が絶えず耳に入ってくるのは確かに不愉快だし、夫の《定めなき御心》には《心つきなしとおぼせど》と嫌気もさす。

しかし《あまりつつまぬ御けしきの》浮気沙汰ばかりなので、拍子抜けして恨み言もいい加減となり、いつのまにか沙汰やみになるのが常だった。《つつむ》は隠すこと。

それよりも女君はこのところ《心苦しきさまの御ここちになやみたまひて、もの心細げにおぼいたり》と、懐妊のために体調がすぐれない。《心苦しきさまの御ここち》は懐妊したことを表す言い方。いつも端然として姿勢を崩さない人が、《心苦しきさま》に見えるほど体の異変は痛々しい。

女君はままならぬ我が身を厭わしく感じるのか、どんな時も落ち着き払って見えたその表情に、不安の影がうっすらと滲み出ている。《もの心細げにおぼいたり》の《げ》が源氏に女君の心を伝える。源氏は《めづらしくあはれと思ひきこえたまふ》と、夫を求めるかのような頼りなげな女君の心に初めて触れたような気がして、いとおしさが込み上げる。

女君の懐妊を知った左大臣家では、《誰も誰もうれしきものから、ゆゆしうおぼして、さまざまの御つつしみせさせたてまつりたまふ》と、慌ただしい雰囲気に包まれる。《ものから》という逆接のことばが語るように懐妊には喜び以上に不安の念がつきまとう。当時出産は命掛けの一大事業であった。左大臣家では女君に様々な《御つつしみ》――月日、方角、食物などの禁忌に触れないよう言動を慎ませ安産を祈願するのだった。

源氏にとっても結婚十年目の妻の懐妊は予想外の出来事である。《かやうなるほど、いとど御心のいとまなくて》と、源氏の狼狽ぶりが語られる。これまで左大臣家を訪れても女君はとりつくしまもなく、気持ちが冷える一方だったそんな折り、二人の間に子ができたということ自体が源氏の気持ちを落ち着かなくさせる。

父院にきつい調子でたしなめられた御息所のことを、《おぼしおこたるとはなけれど》とたえず気にはしていたが、懐妊した妻のことに心奪われ、今は左大臣邸ばかりに足が向く。《とだえ多かるべし》と、六条御息所は源氏の中で霞んだ存在に自ずと押しやられていくのだった。

御禊の日

そのころ、斎院《さいゐん》も下《お》りゐたまひて、后腹《きさきばら》の女《をんな》三の宮ゐたまひぬ。帝《みかど》、后《きさき》いとことに思ひきこえたまへる宮なれば、筋ことになりたまふを、いと苦しうおぼしたれど、異宮《ことみや》たちのさるべきおはせず、儀式など、常の神事《かむわざ》なれど、いかめしうののしる。祭のほど、限りある公事《おほやけごと》に添ふこと多く、見所《みどころ》こよなし。人がらと見えたり。御禊《ごけい》の日、上達部《かむだちめ》など数定まりてつかうまつりたまふわざなれど、おぼえことに、容貌《かたち》ある限り、下襲《したがさね》の色、表《うへ》の袴《はかま》の紋《もん》、馬鞍《むまくら》までみなととのへたり。とりわきたる宣旨《せんじ》にて、大将《たいしやう》の君もつかうまつりたまふ。かねてより、物見車心づかひしけり。一条の大路《おほち》、

所なく、むくつけきまで騒ぎたり。所々の御桟敷《さじき》、心々にし尽くしたるしつらひ、人の袖口《そでぐち》さへ、いみじき見物《みもの》なり。

語り手は御代替わりの余波としてもう一例、《そのころ、斎院も下りゐたまひて、后腹の女三の宮ゐたまひぬ》という斎院の動きも紹介する。《斎院》は賀茂神社に奉仕する未婚の内親王または女王のこと。斎院は伊勢の斎宮と同様に御代替わりの初めに選ばれる。前任者が戻って来るのと入れ替わりに、この度は弘徽殿の生んだ女三の宮が斎院となった。

女三の宮は《帝、后、いとことに思ひきこえたまへる宮なれば》と、父桐壺院と母弘徽殿太后がことのほかいとおしんで育てた子だった。親たちは《筋ことになりたまふを》――神に仕え独身を通すという特別の身分となるその子には、これから後、親らしいことを何一つしてやれなくなると思うと手離すのがつらくてならない。が、《異宮たちのさるべきおはせず》と、女三の宮に代わる適当な姫宮は他にいないのであきらめるしかなかった。

斎院に選ばれた女三の宮には、様々な儀式が待っている。賀茂の上下両神社に使いを遣わしてその旨を告げる、宮中のしかるべき所に初斎院と呼ばれる居所を定め、鴨川で身を清めて初斎院に入る。三年の潔斎を経た後の四月の祭の前に、再び鴨川で身を祓い清める。それを御禊という。その後の賀茂の祭で斎院は初めて上賀茂神社、下鴨神社に参拝し以後紫野の野々宮に入って神事に奉仕するというものである。

《儀式など、常の神事なれど、いかめしうののしる》と、こうした規定通りの神事もこの度は、新帝の配慮があってか盛大に執り行われ、新斎院の御禊の行列も見られるとあって世間の評判はいやが応にも高まり、どこへ行ってもその噂でもちきりである。《ののしる》は声高く言い騒ぐ意。

《祭のほど、限りある公事に添ふこと多く、見所こよなし。人がらと見えたり》と、祭の時には型通りの行事以外にも付け加わることがいろいろあるというので、《見所こよなし》と、人々は噂をし合い期待に胸躍らせてその日を待つのだった。こんなに前評判が高いのも新斎院の《人がら》の魅力によると語り手は付け加える。《ののしる》、噂話を写し取ったような《見所こよなし》などのことばが人々の熱中ぶりを伝える。

御禊の日の行列は、《上達部など数定まりてつかうまつりたまふわざなれど、おぼえことに、容貌ある限り、下襲の色、表の袴の紋、馬鞍までみなととのへたり》という期待通りの見物《みもの》だった。

選ばれて供奉するのは人数こそ定め通りだが、世間の人望厚く姿形の美しい者ばかりだった。束帯と呼ばれる礼服に身を包み、中でも《下襲》の色合いの見事さ、《表の袴》の模様の美しさなどがひときわ目を引く。《下襲》は袍《ほう》、半臂《はんぴ》の下に着る衣服で後ろに裾《きょ》を長く引く、馬上、歩行の際は帯にはさむ。行列に加わるすべてのもの、馬鞍までが新しく整えられ鮮やかに目に映る。

その上、帝は特別な宣旨を下し、行列に華を添えようと源氏を供奉《ぐぶ》の者に加えた。行列の中に源氏の姿が見られるとあって、《かねてより、物見車心づかひしけり》と、物見車で見物する女房などは、源氏を見たい一心で前もって車を立てる場所、桟敷の用意など支度に心を砕く。

斎院を輿に乗せ勅使以下多くの供奉の者を従えて、行列は一条大路を鴨川に向けて進む。道筋に当たる一条の大路は《所なく、むくつけきまで騒ぎたり》と、あたり一帯見物の人と車で埋め尽くされ混雑で殺気立っている。《むくつけき》は恐ろしい意。

行列ばかりでなく大路に面して所々に建てられている桟敷の《心々にし尽くしたるしつらひ、人の袖口》さえもが見る価値ある見物となった。人々は各桟敷の趣向を凝らした飾り付けをほめそやし、簾の下にこぼれる女房たちの袖口の美しさに心をときめかせるのだった。


大殿《おほいとの》には、かやうの御ありきもをさをさしたまはぬに、御ここちさへなやましければ、おぼしかけざりけるを、若き人々、「いでや、おのがどちひき忍びて見はべらむこそ、栄《はえ》なかるべけれ。おほよそ人だに、今日の物見には、大将殿をこそは、あやしき山がつさへ見たてまつらむとすなれ。遠き国々より、妻子《めこ》を引き具しつつもまうで来《く》なるを、御覧ぜぬは、いとあまりもはべるかな」と言ふを、大宮《おほみや》きこしめして、

「御ここちもよろしき隙《ひま》なり。さぶらふ人々もさうざうしげなめり」とて、にはかにめぐらし仰《おほ》せたまひて、見たまふ。

左大臣家の女君は、普段から《かやうの御ありきもをさをさしたまはぬ》と、周囲の騒ぎにはめったに動じない人だった。《をさをさ〜ぬ》という強い否定の言い方が、軽々しい祭見物などには関心を示さない女君のいかにも型にはまった暮らしぶりを思わせる。まして体調も悪くつわりの身を扱いかねている時に、祭見物で外出するなど思いも寄らない。

しかし、若い女房たちは世間の人々が大騒ぎをしているこんな折りでも、主人に従って邸に籠もっていなければならないことが堪え難い。たまりかねて《いでや、をのがどちひき忍びて見はべらむこそ、栄なかるべけれ》と、女君に胸の内を切り出す。左大臣家の北の方として見物に参加しないとなれば、めいめいこっそりと見に行くこともできようが、私共は大将殿の北の方に仕える者として邸の皆と行きたい、見物に行けば大将殿の北の方は大勢の人々に注目されるだろうし、たまにはそんな晴れがましい思いも味わってみたいのだと言う。

《おほよそ人だに、今日の物見には、大将殿をこそは、あやしき山がつさへ見たてまつらむとすなれ》と、若い女房は物見にこだわるわけを述べ立てる。今日の物見に大勢の人々が集まるのはみんな大将殿を一目見たいからで、山がつのような人さえそのためにやって来るらしいと言う。さらに《遠き国々より、妻子を引き具しつつもまうで来なるを、御覧ぜぬは、いとあまりもはべるかな》――都から離れた遠国からも一家をあげて見に来る者もいるというのに、肝心の大将殿の北の方が見に行こうともしないのは残念でならないと言う。《いとあまりもはべるかな》ということばに思いを込めて納得がいかない気持ちを切々と訴える。《あやしき山がつ》《遠き国々より、妻子を引き具しつつ》といった大げさな言い方が、女房の気持ちの高ぶりを伝え、この度の祭の規模の大きさ、人々の熱気を余すところなく語っている。

若い女房たちの無念な気持ちは、女君の側でじっと話を聞いていた母大宮を動かす。大宮は、《御ここちもよろしき隙なり。さぶらふ人々もさうざうしげなめり》と言って女君の気持ちを押してやる。《よろしき隙》は気分もそれほど悪くない時期。あるべきものがなくて物足りない気持ちを表す《さうざうし》ということばに《げなめり》という婉曲のことばを添えて、仕える者の不満の気持ちも察してやるようそれとなく教え、体調も落ち着いている時だからと外出を促したのである。

大宮は若い女房たちが見物に出かけられるようすばやい行動に出る。《にはかにめぐらし仰せたまひて》と大宮は触れを回し、左大臣家の女君一行は急に見物に出かけることとなった。《めぐらし》は順繰りに命令を伝え知らせること。

車争い

日たけゆきて、儀式もわざとならぬさまにて出《い》でたまへり。隙《ひま》もなう立ちわたりたるに、よそほしう引き続きて立ちわづらふ。よき女房車多くて、雑々《ざふざふ》の人なき隙《ひま》を思ひ定めて、皆さし退《の》けさするなかに、網代《あむじろ》のすこしなれたるが、下簾《したすだれ》のさまなどよしばめるに、いたう引き入りて、ほのかなる袖口、裳《も》の裾《すそ》、汗衫《かざみ》など、ものの色いときよらにて、ことさらにやつれたるけはひしるく見ゆる車二つあり。「これは、さらに、さやうにさし退《の》けなどすべき御車にもあらず」と、口ごはくて、手触れさせず。いづかたにも、若き者ども酔《ゑ》ひ過ぎ立ち騒ぎたるほどのことは、えしたためあへず。おとなおとなしき御前《ごぜん》の人々は「かくな」など言へど、えとどめあへず。斎宮の御母御息《みやすど》所《ころ》、ものおぼし乱るるなぐさめにもやと、忍びて出でたまへるなりけり。つれなしつくれど、おのづから見知りぬ。「さばかりにては、さな言はせそ。大将殿をぞ豪家《かうけ》には思ひきこゆらむ」など言ふを、その御方の人もまじれれば、いとほしと見ながら、用意せむもわづらはしければ、知らず顔《がほ》をつくる。

左大臣家の北の方一行が慌ただしく出発した時は、《日たけゆきて》と、すでに日も高く昇っていた。遅れをとった出発のため、《儀式もわざとならぬさまにて》一行は一条大路をめざす。《儀式》は家の格に応じた外出の支度のこと。

着いてみるとそこは、詰めかけた牛車が、《隙もなう立ちわたりたるに》立錐の余地もない。一行はやむなくその場で立ち往生する。左大臣家としての仕度は控えめだったが、他家に交じれば《よそほしう引き続きて》と車を何台も連ねた仰々しさはあたりを圧巻し、左大臣家の権勢をいやが応にも見せつける。

供人たちは連ねて来た車を立てようと左大臣家にふさわしい場所を求めて、あたりを見回す。《よき女房車多くて、雑々の人なき隙を思ひ定めて、皆さし退けさするなかに》――身分のある女房車が沢山並んでいて身分の低い車副《くるまぞひ》（牛車の左右に供奉する者）たちが付いていない場所に当たりを付けると、有無を言わさず周辺の車を次々に立ち退かせる。供人たちは力づくで場所を明けさせることなど意に介さない。《思ひ定めて》《さし退けさする》などのことばが、権柄《けんぺい》づくのやりかたが身に付いている左大臣家の供人の振る舞いを鮮やかに描く。

次々と立ち退かせて場所を作ってきた左大臣家の供人の前に《網代のすこしなれたるが、下簾のさまなどよしばめるに、いたう引き入りて、ほのかなる袖口、裳の裾、汗衫など、ものの色いときよらにて、ことさらやつれたるけはひしるく見ゆる》という車が二台あった。《網代》は身分の低い者が使う車。《下簾》は牛車の前後の簾の内側にかけて、下から外へ長く垂らす絹布のこと。《汗衫》は同乗する童女の晴れの日に着る上着。《裳》は上着の後ろ腰につけて長く引いた女房の装束。

そう新しくはない網代車なのに、下簾の感じがいかにも洗練されている。そこからのぞかせている《ほのかなる袖口、裳の裾、汗衫など》の色目がえもいわれず美しい。それが奥にひっそり座を占める人のたしなみ深さを思わせる。供人たちにも、高貴な身分の人が人目に立つことを恐れて、ことさら気を配って乗っている忍びの車であることがはっきり見て取れる。

網代車の供人たちは、力づくで立ち退きを迫る左大臣家の供人たちの非道なやりかたに抗《あらが》う。《これは、さらに、さやうにさし退けなどすべき御車にもあらず》と、《口ごはく（強く）》たしなめ車には手を触れさせない。《さらに〜あらず》という強い否定の言い方に、身をやつす主人を守ろうと身体を張る供人たちの気迫が伝わる。

だが、そのことばは左大臣の供人たちをいたく刺激する。邪魔立てされる筋合いなどあるものかと思っている左大臣側は、網代車の供人たちに向かって負けずに言い返す。ちょっとした言い争いは見る間に騒動となった。

《いづかたにも、若き者ども酔ひ過ぎ立ち騒ぎたるほどのことは、えしたためあへず。おとなおとなしき御前の人々は「かくな」など言へど、えとどめあへず》と、語り手は事の次第を冷静な目で語る。

双方の若い供人たちはちょうど祭の祝い酒の酔いが回って勢いづいていた。面白がって騒ぎ立てるほどに興奮し、分別をなくして乱暴狼藉にも及び、わけがわからないようになっていく。年長で道理をわきまえた北の方の前駆の人々が見かねて《かくな》（「かくなせそ」の略）と言って制したが、騒ぎの渦の中にもみ消されて誰もどうすることもできなかったと言う。

《斎宮の御母御息所、ものおぼし乱るるなぐさめにもやと、忍びて出でたまへるなりけり》と、語り手は渦中の網代車の主を明かす。それは六条御息所と女房、女童等お付きの者たちが乗っている車だった。身分を隠した忍び車は《つれなしつくれど、おのづから見知りぬ》という事態になってゆく。「つれなしつくる」はなにげない風を装おうこと。《つれなしつくれど》ということばが表すように御息所は何としても素姓を知られたくなかった。御息所は、源氏への未練が断ち切れず揺れる心を抱いて悶々としていた時、ふと源氏の晴れ姿を一目見れば心も収まるかと思い、ひっそりと出て来たのだった。それが、周りの車が退かされたことではからずも人々の面前に曝されることになった。

どんなに身分を装った網代車でも下簾などに漂う気品は隠しようもない。人々は源氏と噂のある高貴な人の名を詮索する。ことさら隠すという行為は人々の好奇心をあおり立て、《おのづから見知りぬ》と、誰言うとなく六条御息所の名がささやかれる。

左大臣の供人たちは網代車が六条御息所のものとわかると、《さばかりにては、さな言はせそ。大将殿をぞ豪家には思ひきこゆらむ》と高飛車に言い放つ。《さばかりにては》は通い所ふぜいの身での意。《豪家》は頼みにする権勢家。御息所が高い身分にもかかわらず源氏から軽く扱われているのを噂で知っていたので、その弱みにつけこみ、頼みにする大将殿から見限られた者に、そんな偉そうなことは言わせないとばかり、嫌みな言い方で思い切り蔑んだのだった。

左大臣家の供人たちは、御息所と言ってもたかが通い所の一人にすぎない身なのに、供人が尊大なもの言いで横やりを入れてきたのがしゃくにさわってならない。《さばかりにては、な言はせそ》という言い方に悔しい思いが滲む。源氏を婿としていることで左大臣家こそ最高の権力を得ていると思い込んでいるのであろう。

左大臣家の供人の中に、源氏の供人だった人も交じっていて、心ないことばで恥をかかされている御息所に同情を寄せる。しかし、その人は《用意せむもわづらはしければ、知らず顔をつくる》と、見ぬふりをして面倒を避けるのだった。《用意せむ》は仲裁に入るなどして心遣いを見せること。

つひに御車ども立て続けつれば、ひとだまひの奥におしやられて、ものも見えず。心やましきをばさるものにて、かかるやつれをそれと知られぬるが、いみじうねたきこと限りなし。榻《しぢ》などもみな押し折られて、すずろなる車の筒《どう》にうちかけたれば、またなう人わろく、くやしう、何に来つらむと思ふにかひなし。ものも見で帰らむとし

たまへど、通り出でむ隙《ひま》もなきに、「事なりぬ」と言へば、さすがに、つらき人の御前わたりの待たるるも、心弱しや。

多くの車を立ち退かせたあとの空地に、左大臣家の北の方一行はずらりと牛車を止める。御息所の網代車はついに《ひとだまひ》（付添いの女房などが乗る牛車）のうしろに押しやられ、何も見えなくなる。御息所は《心やましきをばさるものにて、かかるやつれをそれと知られぬるが、いみじうねたきこと限りなし》と、胸にたぎる思いが収まらない。こんな所で見物しなければならないとは何とみじめなことか、それにもましてつらいのは知られたくない身の素姓を明かされてしまったことだ。

御息所は公衆の面前で辱められ、前坊の妃としての誇りも無残に傷つけられる。無念の思いがあとからあとから込み上げてくるのをどうすることもできない。《いみじうねたきこと限りなし》ということばが胸に激しく渦巻く無念の思いを伝える。

《榻《しぢ》》などが全部へし折られて、《すずろなる車の筒にうちかけたれば》と、轅《ながえ》をそのあたりの他の車の轂《こしき》（車輪の中心部）にかけて辛うじて車体を支えている始末である。《榻》は牛車の牛をはずした時に轅《ながえ》を乗せたり、人が乗り降りに使う台。《すずろなる》はつまらない（車）の意。御息所は《またなう人わろく、くやしう、何に来つらむと思ふにかひなし》と屈辱感に打ちのめされる。《またなう》という極限を表すことばが恥ずかしさでいたたまれない気持ちや悔しい思いでたぎった御息所の心情を伝える。

源氏への思いにとらわれて今さらながらうかうか来てしまったことを悔やむが、どうにもならない。こんなみじめな思いのまま源氏の晴れ姿など見たくはない。御息所は《ものも見で帰らむとしたまへど》と、このまま引き返すことを決意する。だがひどい混雑の中を《通り出でむ隙もなきに》と、抜け出すこともできない。帰るに帰れず途方に暮れる。

その時、人々が口々に《事なりぬ》と言って行列の到着を告げる。その声を聞くと御息所の胸の鼓動はにわかに脈打つ。語り手はそんな御息所を《さすがにつらき人の御前わたりの待たるるも、心弱しや》と言って突き放す。《さすがに》ということばが源氏への相反する思いを複雑なままに伝える。源氏に背を向けて帰ろうとした意志とは関係なく源氏の晴れ姿を一目見たいという気持ちがにわかに沸き起こるのだった。

語り手にはこれほどまで屈辱感に苛《さいな》まれながらなお、源氏の姿を目で追う《待たるるも》と、一言で切り取られた女心が切なく歯痒い。《心弱しや》と思わず嘆息せずにいられない。《や》という詠嘆を表すことばが、語り手も一人の女であることを気づかせ余韻を残す。

笹《ささ》の隈《くま》にだにあらねばにや、つれなく過ぎたまふにつけても、なかなか御心づくしなり。

げに常よりも好みととのへたる車どもの、われもわれもと乗りこぼれたる下簾《したすだれ》の隙間《すきま》どもも、さらぬ顔なれど、ほほゑみつつ後目《しりめ》にとどめたまふもあり。大殿《おほいとの》のは、しるければ、まめだちてわたりたまふ。御供の人々うちかしこまり、心ばへありつつわたるを、おし消《け》たれたるありさま、こよなうおぼさる。

かげをのみみたらし川のつれなきに
身の憂《う》きほどぞいとど知らるる

と、涙のこぼるるを、人の見るもはしたなけれど、目もあやなる御さま、容貌《かたち》の、いとどしう、出栄《いでばえ》を見ざらましかばとおぼさる。

行列の中にひときわ目立つ馬上の源氏の美しい姿は、《笹の隈にだにあらねばにや、つれなく過ぎたまふにつけても、なかなか御心づくしなり》と御息所の心をかき乱す。《笹の隈》は笹の生い茂った物陰のこと。古歌「ささの隈檜《ひ》の隈川に駒とめてしばし水かへ影をだに見む」の一節。せめて後姿だけでも見たいから駒を留めてほしいという、歌に込められた切ない気持ちを御息所は心に抑え込む。ここは「ひとだまひ」の奥で馬が寄って来る《笹の隈》ではない。源氏は馬も留めずこちらへは目もくれないで通り過ぎるだろう。

しかし、御息所ははるかかなたを通り過ぎる源氏の姿を、「ひとだまひ」の奥から一心に見つめる。瞬時目に焼き付かせた源氏の晴れ姿はまばゆいばかりに美しく、押し込めた胸の思いは一気に溢れ出る。《なかなか御心づくしなり》ということばが、このことで一層深く懊悩する御息所の心を簡潔に語る。

御禊の華々しい行列は道を埋め尽くす《げに常よりも好みととのへたる車ども》に迎えられる。どの車もこの日のためにいつもより趣向をこらし美しく装っている。源氏はその中を《われもわれもと乗りこぼれたる下簾の隙間どもも、さらぬ顔なれど、ほほゑみつつ後目にとどめたまふもあり》という具合にゆっくり進む。《さらぬ顔》はさりげない表情のこと。

着飾った女たちで溢れかえる車から袖口がのぞく。それぞれ工夫を凝らし絶妙な色合いを誇示するかのようにそれは鮮やかに映る。源氏は誰と推し量れる女の下簾のあたりを視線の端で捉える。その時の《さらぬ顔なれど、ほほゑみつつ》という様子が源氏と女との密かな交流を繊細に描くのだった。

大殿の車は目立つのですぐにそれとわかる。源氏は《まめだちて》ということば通り、緊張した面持ちで丁重に応えながら進む。《御供の人々うちかしこまり、心ばへありつつわたるを》と源氏の供人たちも大殿には敬意を表し心遣いを示しながら渡る。

しかし、「ひとだまひ」の奥に源氏の視線は届かない。御息所は《おし消たれたるありさま、こよなうおぼさる》と、たまらない気持ちになる。御息所は改めて源氏を婿として仰ぐ左大臣家の北の方の威勢に圧倒される。それに対して我が身は無きに等しい存在でしかないことをつくづくと思い知らされるのだった。《こよなうおぼさる》ということばが、無念の思いがどれほど深く染み込んでいったかを伝える。

思わず《かげをのみみたらし川のつれなきに身の憂きほどぞいとど知らるる》と、今の気持ちがそのまま歌となって口を衝く。《かげをのみ》は源氏の姿を遠くから見るばかりの意。《みたらし川》の《み》に「見」をかける。《みたらし川》は神社近くの手や口を洗い清める清流で御禊にちなむことば。かげを映しただけのみたらし川のような君のつれなさにわが身のつらさを一層思い知らされると詠むが、涙がこぼれ出るのを抑えることができない。その上、涙に濡れた顔を女房たちに見られてどうしようもなく恥ずかしい。が、それでも御息所は《目もあやなる御さま、容貌の、いとどしう、出栄を見ざらましかば》と思うのだった。《出栄》は人の中に出て立派さが引き立って見えること。

《目もあやなる》源氏の姿形は今日のような晴れがましい場で一層美しく際立つ。そんな源氏を遠目にでも見ることができて良かったと思う。今日の源氏の美しさを知らないでいたら、どんなにか口惜しい思いをしたことだろうと思う。御息所はどうしても断ち切れない源氏への思いを自身に確かめるのだった。

見物の人々

ほどほどにつけて、装束《さうぞく》、人のありさま、いみじくととのへたりと見ゆるなかにも、上達部《かむだちめ》はいと異《こと》なるを、一所《ひとところ》の御光にはおし消《け》たれためり。大将の御仮《かり》の随身《ずいじん》に、殿上《てんじやう》の将監《ぞう》などのすることは常のことにもあらず、めづらしき行幸《ぎやうがう》などのをりのわざなるを、今日は右近の蔵人《くらうど》の将監《ぞう》つかうまつれり。さらぬ御随身《みずいじん》どもも、容貌《かたち》、姿、まばゆくととのへて、世にもてかしづかれたまへるさま、木草《きくさ》もなびかぬはあるまじげなり。壺装束《つぼさうぞく》などいふ姿にて女房の賤《いや》しからぬや、また尼などの世を背きけるなども、倒れ転《まろ》びつつ、物見に出でたるも、例は、あながちなりや、あなにく、と見ゆるに、今日はことわりに、口うちすげみて、髪着こめたるあやしの者どもの、手をつくりて、額《ひたひ》にあてつつ見たてまつりあげたるも、をこがましげなる賤《しづ》の男《を》まで、おのが顔のならむさまをば知らで笑《ゑ》みさかえたり。

《ほどほどにつけて、装束、人のありさま、いみじくととのへたりと見ゆるなかにも、上達部はいと異なるを、一所の御光にはおし消たれためり》と、語り手は供奉する者たちを従えながら都大路をゆっくりと進む御輿の行列の有様を伝える。従者たちは自身の装束や供回りの身なりには殊更に気を遣い、それぞれ身分に応じて精一杯着飾っている。中でこれはと目を引くのはやはり上達部（三位以上の上流貴族）の《装束、人のありさま》である。だが、どんなに上達部が抜きん出て見えると言っても、《一所の御光》の放つ美しさの前ではぼんやり霞むしかない。《一所の御光》という強いことばが、他を寄せ付けない源氏の高貴な輝きを浮かび上がらせる。

源氏は近衛大将である。近衛大将には供人として規定の人数外に臨時の随身が付く。その臨時の随身に殿上人（昇殿を許された五位以上の者）が選ばれるなどということは通常では考えられず、よほど特別な行幸の折りなどに限られる。が、源氏の供回りを見れば殿上人である右近の蔵人の丞が随身として加わっている。そのことで見物の人々は今日が特別の日であることを思い知り、ここに居合わせた喜びをかみしめるのだった。

臨時の随身ばかりでなく《さらぬ御随身どもも、容貌、姿、まばゆくととのへて》と、他の随身たちも今日の主役は源氏であることを意識してか、容貌も姿も綺羅を尽くしてまばゆいばかりの装いである。そんな立派な者たちを揃え、今や《世にもてかしづかれたまへるさま、木草もなびかぬはあるまじげなり》という源氏の勢いは、行列を見物する誰もが源氏一人に熱い視線を注ぐ様にも表れる。

そんな人々の中に《壺装束などいふ姿にて》身を包んだ身分ある女たちがいる。《壺装束》は薄い単衣を頭からかぶり市女笠をつけた女の外出着。また《世を背きける》尼たちなどもいる。尼たちは人波にもまれながらも源氏を見るのに気をとられて《倒れ転びつつ物見に出でたるも》といった有様である。

語り手は《例は、あながちなりや、あやにく、と見ゆるに》と肉声のことばそのままで尼たちを非難する。《あながちなりや》の《や》は感動。《あながち》《あやにく》は度を越して、あるいは予期に反してひどいという意。普段だったら俗世を捨て静かな山里で勤行《ごんぎょう》に励んでいるはずの尼が、源氏を一目見たいがために都大路のまっただ中まで繰り出し、みっともない姿を曝しているなど到底許せない非常識な振る舞いである、だがすぐまた語り手は《今日はことわりに》と、源氏の姿が格別美しい今日だけはそのくらいしても当然であると簡単に許してしまうのだった。

源氏見たさに集まる見物の人々はそればかりでない。《口うちすげみて、髪着こめたる》賤しい身分のかなり年老いた女たちまで交じっている。「すげむ」は歯が抜けて頬が落ちくぼむこと。市女笠をかぶる替わりに髪を着物の中にたくしこんで、着膨れた妙な姿の者たちは《手をつくりて、額にあてつつ見たてまつりあげたるも》、と手を合わせ額にあてて源氏を拝んでいる。語り手は吐き捨てるように《をこがましげなる》光景だと紹介する。「をこ」は愚かなこと。が、そんないかにも鈍そうな田舎者までが《おのが顔のならむさまをば知らで笑みさかえたり》——自分の顔がどうなっているかも知らないで満面の笑みをたたえていると、語り手の目はどこまでも辛辣である。

何とも見入れたまふまじき、似而非受領《えせずりやう》の娘などさへ、心の限り尽くしたる車どもに乗り、さまことさらび、心げさうしたるなむ、をかしき様々《やうやう》の見物《みもの》なりける。ましてここかしこにうち忍びて通ひたまふ所々は、人知れずのみ、数ならぬ嘆きまさるも、多かり。式部卿《しきぶきやう》の宮、桟敷《さじき》にてぞ見たまひける。いとまばゆきまでねびゆく人の容貌《かたち》かな、神などは目もこそとめたまへと、ゆゆしくおぼしたり。姫君は、年ごろ聞こえわたりたまふ御心ばへの世の人に似ぬを、なのめならむにてだにあり、ましてかうしもいかでと、御心とまりけり。いとど近くて見えむまではおぼしよらず。若き人々は、聞きにくきまでめできこえあへり。

《何とも見入れたまふまじき、似而非受領の娘などさへ、心の限り尽くしたる車どもに乗り、さまことさらび、心げさうしたるなむ》と、語り手の目にした面白い光景がもう一例紹介される。《似而非受領》はとるにたりない下級の身分の者。《さまことさらび》は気取った様子の意。《心げさうし》は相手によく見られようと自分の言動や姿に気を配ること。

何のつながりもない身分の低い女にまで源氏ほどの人が目をやるわけがないのに、似而非受《えせず》領《りょう》の娘は、源氏はこんなに美しい自分を放っておくわけがないと思い込んでいるらしい。連ねて来た車は皆これみよがしに派手派手しく飾り立て、出《いだ》し衣《ぎぬ》も人目を引くよう按配し、簾の内でひたすら胸を焦して源氏を待っている。

語り手は源氏を一目見ようと集まった人々の層が幅広く多彩なことに、改めて《をかしき様々の見物なりける》と感じ入る。《まして》源氏といくばくかの縁をもつ《ここかしこにうち忍びて通ひたまふ所々》の女たちは、どんな思いで源氏を待っているのだろうかと思いを馳せるのだった。

女たちの切ない胸の内を《人知れずのみ、数ならぬ嘆きまさるも、多かり》と推測する。《人知れずのみ》の《のみ》が簡潔に伝えるように、女達はどんなに源氏を慕っていても思いはすべて胸の内に押し込める。このような晴れがましい場では一顧《いっこ》もされない《数ならぬ》我が身の程を思い知らされて、嘆きを一層募らせる者も多いのだ。

一方、式部卿の宮は桟敷で源氏の晴れ姿をしかと見つめる。《いとまばゆきまでねびゆく人の容貌かな、神などは目もこそとめたまへ》と、輝くばかりの美しい姿に胸を衝かれる。あんなにも美しく生い立つものかと宮は感に堪えない。あまりの美しさに神に魅入られるのではないかなどと不吉な予感さへ頭をよぎるのだ。宮と共に胸をときめかせて源氏に見入る姫君は心の内に源氏とのかかわりを思い返す。

《年ごろ聞こえわたりたまふ御心ばへの世の人に似ぬを》と、源氏はこの何年もの間、手紙を送り続け切々と思いを寄せてくる。普通は時間が経てば気持ちも色褪せてしまうのに源氏の思いは少しも変わらない。《なのめならむにてだにあり、ましてこうしもいかでと、御心とまりけり》と、そんな熱い心に触れれば相手がつまらない人でもなびいてしまいそうになる。ましてこんなに美しい人が相手であればと、姫君は改めて胸が高鳴るのを感じるのだった。

しかし、だからと言って《いとど近くて見えむまではおぼしよらず》と、源氏の気持ちを受け入れて一層打ちとけたいとは思わない。やはり御息所のようにはなりたくないという思いは、気持ちの揺らぎとは別に姫君の中に強く根を張っている。

《若き人々は、聞きにくきまでめできこえあへり》と源氏をほめちぎる若い女房たちの大合唱には耳を覆いたくなるが、源氏との距離が埋まることはないのだった。

祭の日は大殿《おほいとの》にはもの見たまはず。大将《たいしやう》の君、かの御車の所あらそひを、まねびきこゆる人ありければ、いといとほしう憂《う》しとおぼして、なほ、あたら重《おも》りかにおはする人の、ものに情《なさけ》おくれ、すくすくしきところつきたまへるあまりに、みづからはさしもおぼさざりけめども、かかるなからひは情《なさけ》かはすべきものともおぼいたらぬ御掟《おきて》に従ひて、次々よからぬ人のせさせたるならむかし、御息所《みやすどころ》は、心ばせのいとはづかしく、よしありておはするものを、いかにおぼしうむじにけむ、と、いとほしくて、まうでたまへりけれど、斎宮《さいくう》のまだ本《もと》の宮におはしませば、榊《さかき》の憚《はばか》りにことづけて、心やすくも対面したまはず。ことわりとはおぼしながら、「なぞや、かくかたみにそばそばしからでおはせかし」と、うちつぶやかれたまふ。

賀茂の祭の当日を迎えたが、大殿は物見に出掛けようとしない。《大将の君》――源氏は御禊の行列に供奉した後になって《かの御車の所あらそひ》を知った。源氏に事の次第を逐一《まねびきこゆる人》がいたのである。「まねぶ」は見聞きしたことをそのまま人に語ること。源氏は御息所が《いといとほしう》とかわいそうでならず、北の方に対して《憂し》といたたまれない気持ちを抱く。

あの御禊の日に左大臣家でそんな騒ぎが持ち上がっていたとは思いも寄らなかった。それにしても御息所には何と気の毒な仕打ちをしてしまったのか。自分に何も告げず知らん顔を通す大殿の北の方を源氏は厭わしく感じるのだった。

北の方の人柄の難点については常日頃から感じているので、源氏は騒ぎの原因をおよそ推察できる。すべては北の方が《ものに情おくれ、すくすくしきところつきたまへるあまりに》からではないかと思う。「情おくる」は情が薄いこと。「すくすくし」はぶっきらぼうである意。北の方は父左大臣はじめ周囲の人々から、掌中の玉のようにかしづかれて育ったので、誰よりも気位が高く自信もあり、常に落ち着き払ってめったなことでは動じない人である。妻として見れば頼もしいかぎりだが、それが裏目には鈍感さとして表れ、情味に乏しく人にはそっけなく振る舞いがちである。当人自身はそうとも思っていないようだが、北の方には他人の立場や気持ちを推し量ったり思いやったりすることが身に付いていない。

本当ならば御息所とは同じ男を夫に持つ仲間同士、立場の弱い御息所へはこちらが心遣いを示すものであり、まして恥をかかせるようなことなどあってはならないことである。だが北の方は、忍び姿でひっそりと見物に来ていた御息所などに、目もくれなかったに違いない。そんな北の方の《御掟》――態度、考えに沿うように《よからぬ人》――下々の者が御息所にも容赦なく、次々と乱暴を働き騒ぎが大きくなったのだろうと分析する。

源氏は《御息所は、心ばせのいとはづかしく、よしありておはするものを、いかにおぼしうむじにけむ》と、御息所の心根を痛々しい思いで忖度《そんたく》する。「おぼしうむず」は「おもひうむず」の敬意のことばでつらく思う意。御息所はこちらが恐縮するほど隅々まで心遣いの行き届いた人で、万事につけ奥ゆかしい。そんな人が大殿から辱められて、どんなにか傷つき打ちひしがれていることだろう。

そう思うと源氏は、御息所が不憫で居ても立ってもいられず、御息所邸を訪問する。しかし《斎宮のまだ本の宮におはしませば、榊の憚りにことづけて》会ってなどくれない。《本の宮》は斎宮の実家である御息所邸を指す。斎宮がまだここで潔斎の生活をしているから、《榊の憚り》の巡らされている中で、男と会うわけにはいかないという名目を立てる。

御息所はわざわざ訪ねてくれた源氏にはすぐにでも会いたかったに違いない、が今会っても相手を許せないでいるこの気持ちが一気に吹き出して見苦しく乱れ、源氏を困らせることになるのもつらいなどと思い直したのだろう。

源氏は《ことわりとはおぼしながら》と、あえて自分を避ける御息所の気持ちもうなずける。やはり未だ立ち直れないほど傷は深いのだと思う。しかし一方で《「なぞや、かくかたみにそばそばしからでおはせかし」と、うちつぶやかれたまふ》と、本音をのぞかせる。

《なぞや》という疑問を表すつぶやきのことば、自分に言い聞かせるように念を押す意の《かし》、《うちつぶやかれたまふ》の《れ》などが、ため息混じりについ口から漏れ出る様をつぶさに伝える。《かたみに》は御息所も北の方もの意。「そばそばし」はよそよそしいこと。

源氏にも打ちとけがたい御息所と北の方が、立場を超えて心を通わせ合うなどということはありえないことであるのはわかっている。わかってはいるが、それでも女同士が仲良くして欲しいと願うのは、もっと切実な男の現実でもあるようだと、語り手は源氏の立場を弁護する。

千尋の御髪

今日は、二条の院に離れおはして、祭見に出でたまふ。西の対にわたりたまひて、惟光《これみつ》に車のこと仰《おほ》せたり。「女房出で立つや」とのたまひて、姫君のいとうつくしげにつくろひたてておはするを、うち笑《ゑ》みて見たてまつりたまふ。「君は、いざたまへ。もろともに見むよ」とて、御髪《ぐし》の常よりもきよらに見ゆるを、かきなでたまひて、「久しうそぎたまはざめるを、今日はよき日ならむかし」とて、暦《こよみ》の博士《はかせ》召して、時《とき》問はせなどしたまふほどに、「まづ女房出でね」とて、童《わらは》の姿どものをかしげなるを御覧ず。いとらうたげなる髪どもの末《すそ》はなやかにそぎわたして、浮紋《うきもん》の表《うへ》の袴《はかま》にかかれるほど、けざやかに見ゆ。

賀茂の祭の当日を迎えたが、大殿の北の方、御息所はそれぞれ邸に籠もって外出はしない。二人の女がからむ車争いのことは源氏の心に影を落としている。そんな重苦しい気分から逃れるように、《今日は、二条の院に離れおはして》祭見物に出ようと思い立つ。《離れ》ということばが二条院の姫君のもとへと向かう源氏の解放感を伝える。

惟光に車の手配を命じてから西の対の姫君の部屋を訪れる。源氏が部屋へ入ると、ちょうど姫君は、《いとうつくしげにつくろひたてておはするを》と身仕度の最中だった。姫君の部屋は祭見物に出掛ける前の浮き立った空気に包まれている。いつになく装いを凝らす姫君は大人っぽく見え、それがまた実に愛らしい。源氏は顔をほころばせながらつい《女房出で立つや》と、声をかけて戯れる。童女たちを女房に見立て、皆も祭見物に行くのかと聞いたのである。

源氏は姫君を傍らに呼ぶと、《君は、いざたまへ。もろともに見むよ》と言って祭見物に誘う。側で見る姫君の御髪はいつにもましてつやつやと美しく輝いている。源氏はいとおしむようにその髪をかき撫でる。いかにもふさやかな髪だが、先の方を切り揃えればもっときれいに見えるような気がするのだ。

源氏は《久しうそぎたまはざめるを、今日はよき日ならむかし》と周囲の者に念を押して、外出の前に姫君の髪を切ることをそれとなく伝える。《よき日》は髪をそぐのに適した陰陽道の吉日のこと。早速、暦の博士を呼んでそぐのによい時刻を調べさせた。

その間に源氏は、姫君付きの童女たちを先に出掛けさせようと思い、《まづ女房出でね》と、またおどけて呼ぶ。源氏はすっかり仕度の仕上がった童女たちの美しい姿を満足げに眺める。《いとらうたげなる髪どもの末はなやかにそぎわたして、浮紋の表の袴にかかれるほど、けざやかに見ゆ》——いかにも初々しく可憐な童女たちの髪の先は、線を描いたように端正に切り揃えられ、模様の浮き出た晴着の袴の上にはらりとかかって、美しさを際立たせているのだった。

「君の御髪《ぐし》は、われそがむ」とて、「うたて、所狭《ところせ》うもあるかな。いかに生《お》ひやらむとすらむ」と、そぎわづらひたまふ。「いと長き人も、額髪《ひたひがみ》はすこし短うぞあめるを、むげに後《おく》れたる筋のなきや、あまり情なからむ」とて、そぎ果てて、「千尋《ちひろ》」と祝ひきこえたまふを、少納言、あはれにかたじけなしと見たてまつる。

はかりなき千尋《ちひろ》の底の海松《みる》ぶさの
　生ひゆくすゑはわれのみぞ見む

と聞こえたまへば

千尋《ちひろ》ともいかでか知らむさだめなく
　満ち干《ひ》る潮《しほ》ののどけからぬに

と、ものに書きつけておはするさま、らうらうじきものから、若うをかしきを、めでたしとおぼす。

源氏は姫君の髪もあの童女たちの髪の先のように、きれいに切り揃えてやりたいと思い、《君の御髪は、われそがむ》と申し出る。姫君の髪に手をかけると改めてその豊かさが感触される。これから先どんなに美しくなっていくのだろうかと思いつつ、口に出しては《うたて、所狭うもあるかな。いかに生ひやらむとすらむ》と言って髪が多すぎることをおおげさに嘆いて見せる。源氏の手つきはその多さを扱いかねて削ぎにくそうだ。「所狭し」は多すぎるほど沢山ある意。

髪の美しさにはことのほか敏感な源氏は、《いと長き人も、額髪はすこし短うぞあめるを、むげに後れたる筋のなきや、あまり情なからむ》——髪がかなり長い人でも額髪は短くするようだが、後れ毛がまるでないのもおかしな感じだなどと言いながら削ぎ終わる。《額髪》は顔をあらわに見せないよう額から垂れ下げたやや短めの髪のこと。

そして《千尋》と唱え、美しく生い立つことを願って言祝ぐ。《千尋》は非常に長いことや深いこと。少納言は源氏の親身な扱いを《あはれにかたじけなし》と感に堪えない面持ちで見つめるのだった。

源氏は姫君の髪をほれぼれと見ながら《はかりなき千尋の底の海松ぶさの生ひゆくすゑはわれのみぞ見む》と歌を詠む。《海松ぶさ》は海底深くに生える群生の海松のことで、黒髪の美しさをたとえる。《生ひゆくすゑはわれのみぞ見む》と詠む下の句に、共に暮らす自分だけが姫君を見届けることができると自信を漲らせる。

が、姫君はすかさず、《千尋ともいかでか知らむさだめなく満ち干る潮ののどけからぬに》と返す。千尋まで共になどと言うがそんなことはわからない、満ち干る潮のように源氏は落ち着かない人なのだからと詠んで痛い所を突く。源氏と互角に張りあう堂々たる詠みぶりである。日々源氏と対話を重ね、夫婦としての信頼感を築いてきたからこそ源氏には遠慮無くものが言えるのだろう。

それを何かに書きつけている様子が《らうらうじきものから、若うをかしきを》と、きらりと光るものをもちながら、まだあどけない感じで、何とすばらしい人だと源氏は心満たされるのだった。

典侍のかざし

今日も、所もなく立ちにけり。馬場《むまば》の大殿《おとど》のほどに立てわづらひて、「上達部《かむだちめ》の車ども多くて、もの騒がしげなるわたりかな」と、やすらひたまふに、よろしき女車《をんなぐるま》の、いたう乗りこぼれたるより、扇をさし出でて、人を招き寄せて、「ここにやは立たせたまはぬ。所避《さ》りきこえむ」と聞こえたり。いかなるすき者ならむとおぼされて、所もげによきわたりなれば、引き寄せさせたまひて、「いかで得たまへる所ぞと、ねたさになむ」とのたまへば、よしある扇のつまを折りて、

「はかなしや人のかざせるあふひゆゑ
　神のゆるしのけふを待ちける

注連《しめ》の内には」とある手をおぼしいづれば、かの典侍《ないしのすけ》なりけり。

源氏が西の対の姫君を乗せて一条大路までやって来た頃には、物見車が《今日も、所もなく立ちにけり》とあたりを埋め尽くしていた。《今日も》の《も》が車争いまで起こした御禊の日の混乱を思い出させる。馬場のあたりまで来たが《立てわづらひて》と、車を止める場所がなかなか見つからない。「立つ」は車を止めること。

源氏はあまりに騒然とした外の様子に呆れ、《上達部の車ども多くて、もの騒がしげなるわたりかな》とぼやく。場所をふさいで大騒ぎをしている上達部（三位以上の上流貴族のこと）の所になぞ割り込みたくはない。どうしたらいいものかと決め兼ねているうち、車の歩みもおのずと緩まる。

その時、《よろしき》車と見えるのに《いたう乗りこぼれたる》女車の中から、扇を差し出して源氏の供人を招き寄せる者がいる。車の下簾からは幾重にも重なった衣の裾を華やかにのぞかせて、祭見物の活気溢れる雰囲気を伝える。

扇の女は供人に《ここにやは立たせたまはぬ。所避りきこえむ》と声をかける。《やは》は勧誘を表すことば。《所避り》はゆずること。女は立往生している車が源氏のものと見るやこの折りとばかり行動に出たものと見える。源氏はこんな人がひしめいている面前で誰はばかることなく声をかけてくる女に、《いかなるすき者ならむ》と戸惑う。かくも大胆に振る舞う《すき者》から何をしかけられるか多少の好奇心も働く。

その女車の方を見れば、なるほど見物に格好な場所である。止める当てもなかった源氏は女の厚意を受け取ることにして早速車を引き寄せさせる。《いかで得たまへる所ぞと、ねたさになむ》と、《すき者》を刺激しそうなことばでほめちぎって女の気を引く。

すると男が振り向いてくれたととった女は、《よしある扇のつまを折りて》歌を詠みかける。洒落た絵のある檜扇の端を折って書かれた歌は、《はかなしや人のかざせるあふひゆゑ神のゆるしのけふを待ちける、注連の内には》という、思わせぶりたっぷりだが祭の日にかなった求愛の歌であった。

神も許すという祭の日の今日には逢えるかと待っていたのに、源氏の車には他の女が乗っていて近寄れないと嘆く。《かざせるあふひ》は祭に参加するものは当日、頭や車に葵のつる草を付けたので《あふひ》を「葵」と「逢ふ日」にかけ、出会いを楽しんだようである。《注連の内には》は他人がしめ縄を張って囲っているのでとても入れないの意。見覚えのある筆跡を思い起こすと何とあの典侍のだった。

あさましう、旧《ふ》りがたくも今めくかなと、憎さに、はしたなう、

かざしける心ぞあだにおもほゆる
八十《やそ》氏人《うじびと》になべてあふひを

女は、つらしと思ひきこえけり。

くやしくもかざしけるかな名のみして
人だのめなる草葉ばかりを

と聞こゆ。人とあひ乗りて、簾《すだれ》をだに上げたまはぬを、心やましう思ふ人多かり。一日《ひとひ》の御ありさまのうるはしかりしに、今日はうち乱れてありきたまふかし、誰ならむ、乗り並ぶ人けしうはあらじはや、と、おしはかりきこゆ。いどましからぬかざし争ひかなと、さうざうしくおぼせど、かやうにいと面《おも》なからぬ人はた、人あひ乗りたまへるにつつまれて、はかなき御いらへも、心やすく聞こえむも、まばゆしかし。

源氏は《あさましう、旧りがたくも今めくかな》と、衰えを知らぬ色気を見せつけられて呆れかえる。「旧りがたし」は相も変わらない意。《憎さに、はしたなう》と、よりにもよってこのような所で声をかけられたのが腹立たしく、素っ気ない歌を返す。《かざしける心ぞあだにおもほゆる*八十氏人になべてあふひを》——葵をかざして私を待っていたというが誰彼なく逢う人の心はあてにならないと、ことさら典侍の弱みを責める。

《女は、つらしと思ひきこえけり》と、恋する典侍にはにべもない源氏の返事がつらい。《くやしくもかざしけるかな名のみして人だのめなる草葉ばかりを》と負け惜しみのような歌を返して気持ちを収める。うかつにも葵をかざしてしまったが「あふひ」とは名ばかりのただの草葉だったと、持てる才気を発揮して意地を見せつけ面目を保つ。

典侍は率直に気持ちをぶつけて源氏と渡り合ったが、多くの人は《人とあひ乗りて、簾をだに上げたまはぬ》源氏の車を見ては気を揉むばかりである。先日の御禊の日には、まぶしいばかりに装った源氏の堂々たる姿は人々を魅了した。それにひきかえ女とくつろいで見物を楽しんでいるような今日の源氏を、人々は《うち乱れてありきたまふかし》と言って皮肉る。《ありき》「ありく」はあちこち動き回ること。

女たちは、《誰ならむ》《乗り並ぶ人けしうはあらじはや》と好奇心と嫉ましさの入り交じった視線を車中の女のあたりに注ぎ、相当な美人を想像してはため息をつく。こんな女たちのため息を表しているのが、《けしうはあらじはや》の《はや》の感動のことばである。《けしうはあらじ》は悪くない、かなりのものといった意。

源氏は女たちが連れに気後れして次々と身を引くのを見て、《いどましからぬかざし争ひかな》と物足りなく感じる。結局挑んできたのが典侍ばかりなのは、ひそかに姫君を連れているので当然かもしれないと思う。《いどまし》は張りあう気があること。《かざし争ひ》は「かざし」ということばを詠みこんだ恋歌のやりとりのこと。

《かやうにいと面なからぬ人はた、人あひ乗りたまへるにつつまれて、はかなき御いらへも、心やすく聞こえむも、まばゆしかし》——典侍のように世慣れてない普通の人は連れの女に気兼ねをして、ちょっとした返答も恥ずかしがって気軽にはできないのだろうと源氏は思うのだった。

＊「榊葉の香をかぐはしみ尋め来れば八十氏人ぞ円居せりける」（『拾遺集』）

海士のうけ

御息所《みやすどころ》は、ものをおぼし乱るること、年ごろよりも多く添ひにけり。つらきかたに思ひ果てたまへど、今はとてふり離れ下《くだ》りたまひなむは、いと心細かりぬべく、世の人聞きも人わらへにならむこととおぼす。さりとて立ちとまるべくおぼしなるには、かくこよなきさまに皆思ひくたすべかめるも、やすからず、「釣する海士《あま》のうけなれや」と、起き臥《ふ》しおぼしわづらふけにや、御ここちも浮きたるやうにおぼされて、なやましうしたまふ。大将殿には、下りたまはむことを、もて離れてあるまじきことなども、さまたげきこえたまはず、「数ならぬ身を、見ま憂《う》くおぼし捨てむもことわりなれど、今はなほ、いふかひなきにても、御覧じ果てむや、浅からぬにはあらむ」と、聞こえかかづらひたまへば、定めかねたまへる御心もやなぐさむと、立ち出でたまへりし御禊河《みそぎがは》の荒かりし瀬に、いとど、よろづいと憂《う》くおぼし入れたり。

あの車争いの後、邸に籠もりがちの御息所は、《ものをおぼし乱るること、年ごろよりも多く添ひにけり》と、心騒ぐ日々を過ごしていた。《多く》《添ひ》と重ねているように、これまでになくもの思いがひどくなっていた。さまざまな思いが頭を駆け巡るのに、心は一向に定まらず苦しさばかりが募る。斎宮は近いうちに下向するが、その時自分はどうするだろうか、共に下るのか残るのか。

御息所は《つらきかたに思ひ果てたまへど》と、源氏の冷たさを心底思い知り、源氏とのことはもはやどうにもならないとあきらめている。しかし、《今はとてふり離れ下りたまひなむは、いと心細かりぬべく、世の人聞きも人わらへにならむこと》と、源氏への気持ちを思い切ることができない。《人わらへ》は他人に笑われること。源氏と訣別し、二度と会うことのない地へ去ってしまうのはひどく不安で堪えられそうにない。それに世間の人々は、源氏に捨てられて立場がないから、伊勢へ下るのだろうと笑いものにするだろう。

そうかと言って、《さりとて立ちとまるべくおぼしなるには、かくこよなきさまに皆思ひくたすべかめるも、やすからず》と、都に留まるにしても車争いの時に下々の者から受けたような、この上ない屈辱にも耐える覚悟がなければならず、容赦ない世間の目に曝されつらい思いをするのは同じだと思う。《おぼしなる》は「思ひなる」の敬語で意志が加わってそのような考えになること。

御息所は心休まる居場所が、どこにも残されてないような不安感に苛まれ自らを追いつめる。《「釣する海士のうけなれや」と、起き臥しおぼしわずらふけにや、御ここちも浮きたるやうにおぼされて、なやましうしたまふ》と、もの思いに身も心も蝕《むしば》まれていく。

わが心は《釣する海士のうけ》――伊勢の海で釣りをする漁師の浮きのようだ。どちらに向かおうとしてるのか自分でも皆目わからなくなってしまった。どうすればいいのだろうと自らに問いかけるが、心は一層かき乱されるばかりである。寝ても覚めてもそのことが頭から離れず、《御ここちも浮きたるやうにおぼされて》呆けたように寝込む。《うけ》《浮きたるやうに》などということばが、生き物のように心に漂って懊悩する様を生々しく伝える。

しかし源氏は御息所から伊勢下向の心積もりを聞いた時も、《もて離れてあるまじきことなども、さまたげきこえたまはず》と、そんな所に行くべきではないと強くは引き止めなかった。《数ならぬ身を、見ま憂くおぼし捨てむもことわりなれど、今はなほ、いふかひなきにても、御覧じ果てむや、浅からぬにはあらむ》と、一歩引いたような言い方で思いとどまることを匂わせるだけだった。《見ま憂くおぼし捨てむ》は見るのがいやになって見限る意。自分は《数ならぬ身》ゆえ嫌われ捨てられるのももっともだと、ことさらに身を低めて思い詰めた御息所をかわし、恋のかけひきのように相手に気持ちをからませて今もその気があるのなら最後まで見届けてほしいと言う。

御息所はそこに気持ちなど籠もってないのはわかっていながら、うわべだけの慰留のことばにしがみつく。そして先日、《定めかねたまへる御心もやなぐさむと》、源氏の行列の姿を見れば心も落ち着くかもしれないと期待し、揺れる心のままに御禊の見物にひっそり佇んだのだった。

《立ち出でたまへりし御禊河の荒かりし瀬に、いとど、よろづいと憂くおぼし入れたり》と、語り手はその後に遭遇した車争いの事件を象徴的に語る。御息所はそこで予想だにしなかった《荒かりし瀬》の砕け散る波をかぶり、苦悩を一層深めることになってしまったのである。

＊引き歌は「伊勢の海に釣りする海人のうけなれや心一つを定めかねつる」（古今集）

大殿のもののけ

大殿《おほいとの》には、御もののけめきていたうわづらひたまへば、誰も誰もおぼし嘆くに、御ありきなど便《びん》なきころなれば、二条の院にも時々ぞわたりたまふ。さはいへど、やむごとなきかたは、異《こと》に思ひきこえたまへる人の、めづらしきことさへ添ひたまへる御なやみなれば、心苦しうおぼし嘆きて、御修法《みずほふ》や何やなど、わが御方にて、多く行はせたまふ。もののけ、生霊《いきすだま》などいふもの多く出で来て、さまざまの名のりするなかに、人にもさらに移らず、ただみづからの御身につと添ひたるさまにて、ことにおどろおどろしうわづらはしきこゆることもなけれど、また、片時離るるをりもなきも

の一つあり。いみじき験者《げんざ》どもにも従はず、執念《しふね》きけしき、おぼろけのものにあらずと見えたり。

「車争い」の後、北の方は体調に異変を来たす。御禊の物見の日には外出もできたのに、《御もののけめきていたうわづらひたまへば》と、すっかり病みついてしまう。女房をはじめ左大臣家の人々は、もののけが取り憑いたように尋常ではない北の方の苦しみ様に、《誰も誰もおぼし嘆くに》と皆、心を痛める。

源氏も《御ありきなど便なきころなれば》と、忍び歩きなどの外出は憚られるのでおおかた左大臣邸に籠もっている。北の方の病状が気がかりでここを離れる気も起こらない。《二条の院にも時々ぞわたりたまふ》と、自邸にも時々しか顔を出していない。

北の方とは長い間ぎくしゃくした冷たい夫婦関係が続いていたが、源氏は、《さはいへど、やむごとなきかたは、異に思ひきこえたまへる人》と、揺るぎない社会的基盤で自分を支えてくれる特別な妻として大切に思ってきた。

《めづらしきことさへ添ひたまへる御なやみなれば、心苦しうおぼし嘆きて》と、その北の方がわが子を宿してくれ、そのせいで病み苦しんでいる、そう思うと痛々しくて居ても立ってもいられない。

源氏はせめてもと思い、左大臣家の中の自分の部屋で《御修法や何やなど》数々の加持祈禱を行わせる。すると《もののけ、生霊などいふもの多く出で来て》、さまざまの名のりをあげる。《もののけ》は人に取り憑いて病気にしたり死なせたりする死霊などの総称。《生霊》は現在、生きている人の体から抜け出し、人に取り憑いて災をする魂《もの》をいう。

が、その中に《人にもさらに移らず、ただみづからの御身につと添ひたるさまにて、ことにおどろおどろしうわづらはしきこゆることもなけれど、また、片時離るるをりなきもの一つ》があった。《人》とは憑坐《よりまし》のことで病人に取り憑いた霊を乗り移らせるために側に置く女性、子供のこと。その霊は他の霊のように大仰な身振りで名のりをあげたりはしない。それは《人にもさらに移らず》の《さらに》、《ただみづからの御身につと添ひたるさまにて》の《ただ》《つと》などのことばが伝えるように、北の方の身にひたと張り付いて、ここ以外には動くまいとする意志を示しているかのようだった。

僧たちは何やら不気味なその霊を何とかして憑坐に乗り移らせねばと、なおも祈禱に熱を入れる。しかし《いみじき験者どもにも従はず、執念きけしき、おぼろけのものにあらずと見えたり》と、優れた僧たちがどんなにけんめいに祈禱しても正体を露そうとしない。《おぼろけ》は通りいっぺんの意。僧たちはこんな執念深い霊に出会ったことがない、並の霊ではあるまいと、手強い相手をもてあますばかりである。

大将の君の御かよひ所、ここかしことおぼしあつるに、「この御息所《みやすどころ》、二条の君などばかりこそは、おしなべてのさまにはおぼしたらざめれば、怨みの心も深からめ」とささめきて、ものなど問はせたまへど、さして聞こえあつることもなし。もののけとても、わざと深き御敵《かたき》と聞こゆるもなし。過ぎにける御乳母《めのと》だつ人、もしは親の御かたにつけつつ伝はりたるものの、弱目《よわめ》に出で来たるなど、むねむねしからずぞ乱れあらはるる。ただつくづくと、音《ね》をのみ泣きたまひて、をりをりは胸をせきあげつつ、いみじう堪へがたげにまどふわざをしたまへば、いかにおはすべきにかと、ゆゆしう悲しくおぼしあわてたり。

苦しみ続けて臥せたままの北の方を祈るように見守っている左大臣家では、もののけが何としても離れようとしないのは、嫉妬の怨みが深くからんでいるからではないかと見て、源氏が北の方以外に普段通う女の所を、《ここかしことおぼしあつるに》はっきりとしない。が、遠巻きに北の方を見守る女房たちは、それを聞くとすぐさま《この御息所、二条の君などばかりこそは、おしなべてのさまにはおぼしたらざめれば、怨みの心も深からめ》とささやき合う。女房たちは《この御息所、二条の君》と二ヶ所を名指し、二人は源氏のなみなみならぬ愛情を得ているだけに、わが君のゆるがぬ御威勢をさぞ恨んでいるだろうと決めつける。

左大臣家ではそんな女房の声も耳に入るので、陰陽師に占わせて正体を突き止めようとするが、《さして聞こえあつることもなし》と無駄だった。《聞こえあつる》は「言ひ当つ」の敬意のことば。

もののけと言っても、《わざと深き御敵と聞こゆるもなし》と、特に深い恨みをもつものが現れたわけではない。名のりを挙げて現れたのは、《過ぎにける御乳母だつ人、もしは親の御かたにつけつつ伝はりたるもの》と、とうに亡くなった乳母らしい人、親の家に代々たたってきた霊などで、北の方を苦しめている強力な霊とは縁がなさそうである。それらは懐妊で体が弱っている所につけこみ、《むねむねしからずぞ乱れあらはるる》と、はっきりした形は示さずばらばら現れたが、祈禱によって退散させた。

しかし正体不明のもののけが乗り移ったままの北の方は、《ただつくづくと、音をのみ泣きたまひて、をりをりは胸をせきあげつつ、いみじう堪へがたげにまどふわざをしたまへば》と、いかにも重態そうな症状となる。《つくづくと》は何もせずぼんやりとしている様。《音をのみ泣き》は声をたてて泣くこと。《まどふわざ》は悶え騒ぐしぐさ。呆けたように声をあげて泣くかと思えば、胸を詰まらせて今にも息が絶えそうに悶え苦しむ様子を示す。

毅然とした態度をいつも崩さない北の方を見慣れている左大臣家の人々は、《いかにおはすべきにかと、ゆゆしう悲しくおぼしあわてたり》と、北の方は一体どうなってしまうのかと動転する。そのただならぬ様子は人々を悲しませ不安に陥《おとしい》れる。

院よりも、御とぶらひ隙《ひま》なく、御祈りのことまでおぼし寄らせたまふさまのかたじけなきにつけても、いとど惜しげなる人の御身なり。世の中あまねく惜しみきこゆるを聞きたまふにも、御息所《みやすどころ》はただならずおぼさる。年ごろはいとかくしもあらざりし御いどみ心を、はかなかりし車の所あらそひに、人の御心の動きにけるを、かの殿には、さまでもおぼし寄らざりけり。

北の方のことを伝え聞いた院からひっきりなしに見舞いが届く。これまでにない父院の《御祈りのことまでおぼし寄らせたまふさま》が、源氏には有り難く恐れ多い。祈禱のことにまで気を配り、わが子同然に案じてくれる院の心遣いが身に沁みる。源氏は左大臣の後見によって守られていることを院は誰よりもわかっている。その左大臣家の北の方を失うことなどあってはならないことなのに違いない。

院の気持ちは源氏に伝わる。源氏は《いとど惜しげなる人の御身なり》と、今さらながら北の方がかけがえのない人であること痛感する。院のためにも北の方の命は何としても守らねばと思う。

院や源氏が北の方をことのほか大事に扱っている様は世間に伝わる。北の方を惜しむ声があちこちで挙がる。またたくまにその噂は広がり、御息所の耳には《世の中あまねく惜しみきこゆるを》と響く。世間の人はこぞって北の方に味方をしているのだ。だが自分は世間からはじかれ、何とみじめな立場に追いやられているのだろう。

御息所は《ただならずおぼさる》と、体の内から憤り、口惜しさ、腹立たしさなどの気持ちがないまぜになって込み上げてくるのを感じ取る。源氏をはじめ世間の人々から絶大な支持を受けている北の方に押しつぶされまいとする《御いどみ心》である。「いどむ」は競争する、張り合う意。

《年ごろはいとかくしもあらざりし》と、前坊妃としての矜持《きょうじ》を胸に、慎ましく生きてきた御息所には、《御いどみ心》が意識に上ることなど、これまでになかったことである。だが、《はかなかりし車の所あらそひに》、あのささいなことから起こった車争いの時に北の方から受けた屈辱感は、あまりにも大きく深かった。それは癒されることも消えることもなく意識の底に沈んでいたが、《御いどみ心》となって意識に上るようになる。《人の御心の動きにけるを》とあるように、御息所の心は北の方のこととなると、《御いどみ心》が自ずと沸いてくるような心に変わってしまったのである。

しかし、《かの殿には、さまでもおぼし寄らざりけり》と、左大臣家では自分たちが引き起こした車争いがもとで生じた御息所の心の変化などに気づくよしもなかった。

こひぢの田子

かかる御もの思ひの乱れに、御ここちなほ例ならずのみおぼさるれば、ほかにわたりたまひて、御修法《みずほふ》などせさせたまふ。大将殿聞きたまひて、いかなる御ここちにかと、いとほしう、おぼし起してわたりたまへり。例ならぬ旅所《たびどころ》なれば、いたう忍びたまふ。心よりほかなるおこたりなど、罪ゆるされぬべく聞こえ続けたまひて、なやみたまふ人の御ありさまも、うれへきこえたまふ。「みづからはさしも思ひ入れはべらねど、親たちのいとことことしう思ひまどはるるが心苦しさに、かかるほどを見過ぐさむとてなむ。よろづをおぼしのどめたる御心ならば、いとうれしうなむ」など、かたらひきこえたまふ。常よりも心苦しげなる御けしきを、ことわりに、あはれに見たてまつりたまふ。

御息所は《かかる御もの思ひの乱れに、御ここちなほ例ならずのみおぼさるれば》と、このところ大殿の北の方のことで心の奥深くまでかき乱されているせいなのか、気分が何か普通でないのを感じる。これまでにない体調の崩れ方が気になってならない。《例ならずのみ》の《のみ》がそこばかりに神経が集中して、不安を募らせている御息所の気持ちを伝える。

近ごろは斎宮の中にいて仏道から遠のいているからではないかと思い当たり、他所へ住居を移してそこで加持祈禱をとり行わせる。そのことを伝え聞いた源氏は、病状が心配でならなくなる。《いかなる御ここちにかと、いとほしう、おぼし起して》と、まだ車争いの傷が癒えないのに違いないと思うと気の毒でならず、気は重かったが見舞いにかけつける。御息所の仮住まいは《例ならぬ旅所なれば》と、源氏にとっても不案内の所なので《いたう忍びたまふ》と、一層人目を意識しながら遠慮がちに対面する。

御息所に会うと源氏は北の方の病が思わしくないことをあげ、《心よりほかなるおこたりなど、罪ゆるされぬべく聞こえ続けたまひて》と、意に反してしばらく来られなかったことを丁重に詫びる。《おこたり》は無沙汰のこと。御息所も病みついて加持祈禱までしている身であることを思い気持ちに障らないよう気を遣う。

《みづからはさしも思ひ入れはべらねど、親たちのいとことことしう思ひまどはるるが心苦しさに、かかるほどを見過ぐさむとてなむ。よろづをおぼしのどめたる御心ならば、いとうれしうなむ》と、左大臣家の様子を細かに述べて同意を誘う。「のどむ」は心を静める意。北の方の病は騒ぐようなことではないのに親たちがわけもなく取り乱しているのを放ってはおけなかったのだ。そこのところをわかって大目に見てくれたらとてもうれしいのだがと機嫌を取り結ぶ。

源氏はそう言いながらも御息所の《常よりも心苦しげなる御けしき》に気づく。源氏の目に、病む御息所がこれまでになく痛々しく映る。車争いなどで立ち直れないほど深い傷を負ってしまったのだから《ことわり》と思う。源氏は御息所を《あはれ》といたわる気持ちで一杯になる。

うちとけぬ朝ぼらけに出でたまふ御さまのをかしきにも、なほふり離れなむことはおぼしかへさる。やむごとなきかたに、いとど心ざし添ひたまふべきことも出で来にたれば、一つ方《かた》におぼししづまりたまひなむを、かやうに待ちきこえつつあらむも、心のみ尽きぬべきこと、なかなかもの思ひのおどろかさるるここちしたまふに、御文《ふみ》

ばかりぞ、暮《くれ》つかたある。

日ごろ、すこしおこたるさまなりつるここちの、にはかにいといたう苦しげにはべるを、え引きよかでなむ。

とあるを、例のことづけと見たまふものから、

袖濡《ぬ》るるこひぢとかつは知りながら
　おりたつ田子《たご》のみづからぞ憂《う》き

山の井の水もことわりに。

とぞある。

しかし御息所は、そんな優しげな源氏を前にしても打ちとけられなかった。心には源氏への思いが幾重にも屈折し、澱《おり》のように溜まっているのに、それを表に曝け出せなかった。源氏も悩み深げな御息所をどうしてやることもできなかった。

相手を気にかけながらもそれぞれが、《うちとけぬ》心を抱いたまま一夜を過ごす。東の空がほのぼの明ける《朝ぼらけ》の頃、源氏は邸を後にする。その気品漂う美しい姿は見送る御息所の胸を熱い想いで満たす。《御さまのをかしきにも、なほふり離れなむことはおぼしかへ

さる》と、やはり伊勢へ下るのは思いとどまろうと思う。「ふり離る」はふり捨てて離れること。目もあやな源氏の姿を見ると決意はひるがえり未練の情が滲み出る。

源氏にこだわる気持ちが捨てられない一方で、《やむごとなきかたに、いとど心ざし添ひたまふべきことも出で来にたれば》と、北の方の懐妊に直面する源氏の愛情は北の方一人に向けられていくだろうと推し量る。が、自分は《かやうに待ちきこえつつあらむも》と、今日のようにたまの訪れを待ちながら《心のみ尽きぬべきこと》と、どんなにもの思いの限りを尽くし恨みを募らせてしまうだろうかと思う。

《なかなかもの思ひのおどろかさるるここちしたまふに》——源氏の訪問がかえって未練の情を呼び覚まし新たなもの思いを引き起こしているような気がする。目を覚まさせる意の《おどろかさるる》という御息所の感覚を通したことばで、源氏がいかに通わなくなっているかを如実に語る。

その日一日、源氏の訪問でざわめいた心を扱いかねて悶々と過ごすうちに、今宵も来訪があるに違いないというあてのない期待感がふくらむ。が、日暮れとともにそれもしぼみ《御文ばかりぞ、暮れつかたある》と、御息所は白々とした現実を呑み込まされる。《御文ばかりぞ》と強調の言い方が打ちひしがれた御息所の心を語っているようだ。

手紙には《日ごろ、すこしおこたるさまなりつるここちの、にはかにいといたう苦しげにはべるを、え引きよかでなむ》とあった。《おこたる》は病が快方に向かうこと。「引きよく」はよける、見放す意。急に容態が悪くなって目が離せなかったなどと北の方の病を借りて、辻褄をうまく合わせているところから、御息所には《例のことづけと見たまふものから》といつもの手と映る。

だがすぐ後の《ものから》という逆接のことばが、御息所の中に溢れんばかりの強い気持ちが沸き起こったことを伝える。御息所はいつものように巧みな口実を使って逃げようとする源氏に今の心情を訴えたかった。積もりに積もった胸の嘆きを歌に託して真実の自分の姿を伝えたかった。

源氏に届いたその歌は《袖濡るるこひぢとかつは知りながらおりたつ田子のみづからぞ憂き》とある。《こひぢ》は泥の意で恋路を掛ける。《おりたつ》はなりふり構わず懸命にすること。《田子》は田を耕す農夫のこと。御息所はここで高貴な名の誇りも世間体も一切の虚飾を捨て去る。深みにはまって難儀をするのがわかっていながら、なお泥田にはいつくばる田子の姿に擬して、泥沼の恋に苦しみもがく一人の女の姿を浮かび上がらせる。

御息所の透徹した目はどこまでも自分を突き放し、己を田子に重ね合わせて鋭く真実に迫る。それは深い知性と美意識に裏打ちされているがゆえに、凛とした姿勢の中にも哀切さを滲ませる。

《山の井の水もことわりに》とある後書きは、あなたの愛情は山の井の水のように浅いので涙で濡れるのは無理もないという意。引き歌は「くやしくぞ汲みそめてける浅ければ袖のみ濡るる山の井の水」と言われる。底の浅い相手の心の程も知らず逢い初《そ》めたことが悔やまれ涙するばかりの意。

御手は、なほここらの人のなかにすぐれたりかしと見たまひつつ、いかにぞやもある世かな、心も容貌《かたち》も、とりどりに捨つべくもなく、また思ひ定むべきもなきを、苦しうおぼさる。御返り、いと暗うなりにたれど、

袖のみ濡るるや、いかに。深からぬ御ことになむ。

浅みにや人はおりたつわが方は
　身もそほつまで深きこひぢを

おぼろけにてや、この御返りを、みづから聞こえさせぬ。

などあり。

御息所は源氏に真意を受け止めてほしかった。しかし、源氏がまず目に止めたのは筆跡だった。《御手は、なほここらの人のなかにすぐれたりかしと見たまひつつ》と、他のどんな女も及ばない流麗な筆の運びに心を奪われて見入る。

歌に目を通した源氏は《いかにぞやもある世かな、心も容貌も、とりどりに捨つべくもなく、また思ひ定むべきもなきを》とぼやく。《いかにぞやもある世かな》——男女の仲はどうにもならぬといったぼかした言い回しが、御息所の迫力にたじたじとなって逃げの姿勢をとる源氏の心情を語っている。《心も容貌も》それぞれ持ち味があって捨てられそうになく、一人を選ぶことなどできるわけがないではないか。源氏は今更御息所をまるごと受け止めることができないのを感じる。埋めようがない心のずれをどうしようというのか。

切羽詰まった思いを歌に込めて迫る御息所を、源氏は他の恋人たちと一緒にして直に向き合うことを避け、溢れ出る切ない女心ははぐらかされる。御息所が返事を持った源氏の使者を迎えた時は、すでに夜の闇が迫っていた。その日、御息所邸に源氏が姿を見せることはなかった。源氏は手紙の中でまず御息所の後書きのことばの*《袖のみ濡るるや、いかに。深からぬ御ことになむ》に——袖だけが濡れるとはどういうことか、心が深くないからではないかとつっかかってみせる。引き歌の《袖のみ濡るる》の《のみ》の意味を御息所は「袖ばかり」の意で用いたのに、源氏は「袖だけ」と意味をとりはずす。

歌は*《浅みにや人はおりたつわが方は身もそほつまで深きこひぢを》と、あなたは浅い所におりているのだろうが、私の方は身まで濡れるほど深い泥の中にいると返す。形やことばをなぞっただけで御息所の真意は無視される。さらに後書きで《おぼろけにてや、この御返りを、みづから聞こえさせぬ》と、今日行けないのは余程の事情があるのだと念を押してもったいをつける。

御息所は源氏の返事にどれほど傷ついたことだろうか。御息所の真意を込めたことばを源氏はことば遊びにしてごまかす。源氏にかわされて行き場を失った心はどこへもっていけばいいのか、思い詰め研ぎ澄まされた自意識は絶望の闇の中でさまようしかないのだろうか。

『伊勢物語』百七段

＊「つれづれのながめにまさる涙川袖のみひちてあふよしもなし」

＊「浅みこそ袖はひつらめ涙川身さへながると聞かば頼まむ」

うちかなぐる魂

大殿《おほいとの》には、御もののけいたう起こりて、いみじうわづらひたまふ。この御生霊《いきすだま》、故父大臣《おとど》の御霊《らう》などいふものありと聞きたまふにつけて、おぼし続くれば、身一つの憂《う》き嘆きよりほかに、人をあしかれなど思ふ心もなけれど、もの思ひにあくがるなる魂《たましひ》は、さもやあらむとおぼし知らるることもあり。年ごろ、よろづに思ひ残すことなく過ぐしつれど、かうしも砕《くだ》けぬを、はかなきことのをりに、人の思ひ消ち、なきものにもてなすさまなりし御禊《みそぎ》ののち、ひとふしにおぼし浮かれにし心、しづまりがたうおぼさるるけにや、すこしうちまどろみたまふ夢には、かの姫君とおぼしき人の、いときよらにてある所に行《い》きて、とかく引きまさぐり、うつつにも似ず、たけくいかきひたぶる心いできて、うちかなぐるなど見えたまふこと、度《たび》かさなりにけり。

左大臣家のもののけ騒ぎは一向に収まらなかった。僧たちがどんなに加持祈禱を尽くしても正体のわからないもののけはじっと動かず、北の方を苦しめる。前には《この御息所、二条の君など》と、二カ所を名指した女房たちは、さらに恨みがからみそうな所をいろいろとあげる。その中に《この御生霊、故父大臣の御霊》と家系に目をつけ、御息所の生霊か、御息所の亡き父大臣の霊かではないかと言い出す者がいた。その憶測は噂となりたちまち世間へ広まって御息所の耳にも入る。御息所はその噂が妙に心にかかった。噂の通り北の方を苦しめているのは、もしや自分の生霊かもしれないとふと思い寄る。

御息所は我が身を振り返っても、《身一つの憂き嘆きよりほかに》他人のことを《あしかれ》（悪し）などと思ったこともない。だが我が身の不運のことではどれだけ嘆き、そのことでどれだけ悩み苦しんできたかわからない。

世に《もの思ひにあくがるなる魂》*と謂って、あまりものを思い詰めると魂が身体から離れてさまようことがあるらしい。《さもやあらむとおぼし知らるることもあり》と、もしかして自分の魂も、もの思いの苦しみから逃れて身体を抜け出していったのではないかと思い当たることがある。

近頃《かうしも砕けぬを》と、これまでなかったような苦しいもの思いをしたのだがと御息所は心につぶやく。「砕く」は思い乱れること。それはあの車争いのあった《御禊ののち》あたりであろうか、あの時、公衆の面前で受けた《人の思ひ消ち、なきものにもてなすさまなりし》屈辱は身にも心にも染みわたり、忘れようにも忘れられなかった。「思ひ消つ」は無視すること。自分のすべてを踏みにじられたような仕打ちに無念の思いが溢れ、《ひとふしにおぼし浮かれにし心、しづまりがたうおぼさるるけにや》と、胸の中で渦巻きうねりとなってどうにも収まりがつかなくなった、そのせいだろうかと、御息所は無念の思いの渦巻く魂のゆくえを、夢の中の自分の姿に結びつける。

実は《すこしうちまどろみたまふ》折りに、異様な夢を何度か見ることがあった。夢の中の自分は《かの姫君とおぼしき人の、いときよらにてある所》に行き、《とかく引きまさぐり、うつつにも似ず、たけくいかきひたぶる心いできて、うちかなぐるなど見えたまふこと、度かさなりにけり》と、その姫君に向かって狂ったように乱暴を働くのだ。《ひきまさぐるり》はひっぱったりしていじくりまわすこと。《たけくいかきひたぶる心》は激しく荒々しい感情のままに振る舞う心。《うちかなぐる》は荒々しく打つこと。

＊当時の俗信「もの思へば沢の蛍もわが身よりあくがれ出づる魂かとぞ見る（和泉式部）

あな心憂《う》や、げに身を捨ててやいにけむと、うつし心ならずおぼえたまふをりをりもあれば、さならぬことだに、人の御ためには、よさまのことをしも言ひ出でぬ世なれば、ましてこれは、いとよう言ひなしつべきたよりなりとおぼすに、いと名たたしう、ひたすら世に亡くなりてのちに怨み残すは世の常のことなり、それだに人の上にては、罪深うゆゆしきを、うつつのわが身ながら、さるうとましきことを言ひつけらるる宿世《すくせ》の憂《う》きこと、すべて、つれなき人にいかで心もかけきこえじと、おぼしかへせど、「思ふもものを」なり。

御息所は夢から覚めて慄然《りつぜん》とする。恐ろしい自分の姿がありありと目に浮かぶ。あれはもしや自分の魂の姿なのかもしれないと直感する。《あな心憂や、げに身を捨ててやいにけむと、＊うつし心ならずおぼえたまふをりをりもあれば》と気づく。おぞましいことに魂は本当に身体から抜け出して勝手に行ってしまったのだ。時折り正気が失せて何も考えられずただぼんやりとして宙に浮いたようになることがあったが、その間、抜け出した魂は生霊となって姫君をいたぶり、《たけくいかきひたぶる心》をむきだしにして思いのたけ打ち据えていたのだろう。

しかし恥も外聞もかなぐりすて、胸の奥底の「いどみ心」をむきだしている醜い姿をもう一人の自分であると認めるのは、わけのわからないものを呑み込まされるようでたとえようもなくつらい。御息所はいつ生霊と化すかわからない己が魂の計りがたさを思うと、身体ごと底知れぬ闇の中に引き込まれていくような恐怖を感じる。身も心も引き裂かれ押しつぶされそうで苦しい。

その上、世間の目は噂になっている自分を見逃してはくれないだろう。車争いの時に知った容赦ない仕打ちが頭をよぎる。《さならぬことだに、人の御ためには、よさまのことをしも言ひ出でぬ世なれば》——たいしたことでなくても身分の高い者のことを決してよくは言わないのが世間というもの、《ましてこれは、いとよう言ひなしつべきたよりなりとおぼすに、いと名たたしう》と思いを巡らす。《たより》は手がかり、材料の意。「言ひなす」はそうでないことをそのように言うこと。「名たたし」は評判になりそうだの意。御息所の生霊の噂が事実だと知れば世間はさぞ面白がり、人々は好奇心の赴くままに話をゆがめ噂をまきちらし、世の中はそれで持ちきりとなるだろう、と御息所は冷静な目で世間を分析する。

御息所はさらに《ひたすら世に亡くなりてのちに怨み残すは世の常のことなり、それだに人の上にては、罪深うゆゆしきを、うつつのわが身ながら、さるうとましきことを言ひつけらるる宿世の憂きこと》、と思いを続ける。

亡くなった後に恨みが高じて怨霊となるのは別に珍しい例ではない。が、そんなありふれた噂を他人事として聞く場合でさえ怨霊と聞くと、《罪深うゆゆしきを》とぞっとするような嫌な感じがするのに、自分自身が生きながら、あのようなおぞましい噂をたてられる身になってしまった。何という《宿世の憂きこと》――つらい身の定めかと、御息所はわが身がただ厭わしく呪わしい。もう一人の自分である生霊の許しがたい振る舞いを知りながら、どうすることもできないのが身を切られるようにつらい。

しかし、それもすべては《つれなき人にいかで心もかけきこえじ》と、自分が《つれなき》人への想いを捨てきれないで物思いを募らせたからだと思う。もうあの人のことは思うまいと心に言い聞かせる。が《「思ふものを」*》と歌にあるように、思うまいと思うことも源氏に惹かれている証しなのだと、御息所はどうにもならない未練の情にからめとられてしまうのだった。

＊「身を捨ててゆきやしにけむ思ふよりほかなるものは心なりけり」(古今集、躬恒)

＊「思はじと思ふものを思ふなり思はじとだに思はじやなぞ」と「源氏釈」にあるが本当の引き歌かどうかは不明。

妻のまなざし

斎宮は、去年《こぞ》内裏《うち》に入りたまふべかりしを、さまざまさはることありて、この秋入りたまふ。九月には、やがて野の宮にうつろひたまふべければ、ふたたびの御祓《はら》へのいそぎ、とりかさねてあるべきに、ただあやしくほけほけしうて、つくづくと臥《ふ》しなやみたまふを、宮人《みやびと》いみじき大事《だいじ》にて、御祈りなど、さまざまつかうまつる。おどろおどろしきさまにはあらず、そこはかとなくて、月日を過ぐしたまふ。大将殿も、常にとぶらひきこえたまへど、まさるかたのいたうわづらひたまへば、御心のいとまなげなり。

斎宮が、宮中に設けられた初斎院（心身を清めるための場所）に入ることになっていたのは昨年だったが、いろいろと支障が出てきて大幅に遅れ、今年の秋となった。

ところが《九月には、やがて野の宮にうつろひたまふ》という手はずになっており、九月には宮中から実家に戻ることなく野の宮に移るので、初斎院で過ごすのは二ヶ月間と短い。そのわずかな間に《ふたたびの御祓へのいそぎ、とりかさねてあるべきに》と、二度目の御祓いと野の宮に入るための準備を同時にせねばならない。

斎宮の実家である御息所邸はにわかに慌ただしい空気に包まれる。しかし、率先して準備に動き回らねばならない母御息所は《ただあやしくほけほけしうて、つくづくと臥しなやみたまふを》と、ただもうぼんやりとして正体もなく病み臥している有様でそれどころではない。「ほけほけし」は心を奪われてぼんやりしている様。

斎宮に仕える宮人がそれを聞いて《いみじき大事にて》とばかり、病気治癒の祈禱など様々に手を尽くす。母が病気では、準備も滞るし斎宮は穢れを祓い身を清めることに専念できなくなって大変なことになると思ったのである。幸いなことに《おどろおどろしきさまにはあらず、そこはかとなくて》と、母御息所の病状は重篤には至らず、どこが悪いという風でないまま月日が過ぎる。

源氏も御息所の見舞いは欠かさなかった。が、《まさるかたのいたうわづらひたまへば、御心のいとまなげなり》と、語り手は、源氏の愛情は執拗なもののけに苦しむ北の方に傾いており、御息所の元を訪れても妻の身を危ぶんで心ここにあらずのように見えたと言う。《まさるかた》というはっきりした言い方が、愛情の点でも序列の下に置かれた御息所の立場のみじめさを語る。

まださるべきほどにもあらずと、皆人もたゆみたまへるに、にはかに御けしきありて、なやみたまへば、いとどしき御祈りの数を尽くしてせさせたまへれど、例の執念《しふね》き御もののけ一つ、さらに動かず、やむごとなき験者《げんざ》ども、めづらかなりともてなやむ。さすがにいみじう調ぜられて、心苦しげに泣きわびて、「すこしゆるべたまへや。大将に聞こゆべきことあり」とのたまふ。「さればよ。あるやうあらむ」とて、近き御几帳《みきちやう》のもとに入れたてまつりたり。むげに限りのさまにものしたまふを、聞こえ置かまほしきこともおはするにやとて、大臣《おとど》も宮もすこし退《しぞ》きたまへり。加持《かぢ》の僧ども、声しづめて法華経《ほけきやう》を誦《よ》みたる、いみじう尊し。

一方左大臣家では《まださるべきほどにもあらず》と、邸の皆が出産はまだ先のことと油断していた。だが北の方はその隙を突くように《にはかに御けしきありて、なやみたまへば》と、急に産気づき苦しむ。周りの人々は慌てふためき、いよいよの時とばかり祈禱を強めてもらう。左大臣家では《いとどしき御祈りの数を尽くしてせさせたまへれど》と、ぞくぞくと集まった僧たちの祈禱の声が邸中に満ちる。《いとどしき》という甚だしさを表すことばが安産を願う左大臣家の思いの強さを伝える。

しかし、《例の執念き御もののけ一つ、さらに動かず》と前と少しも変わらぬ事態に僧たちは焦る。件《くだん》のもののけは相変わらずびくともしない。《やむごとなき験者ども、めづらかなりともてなやむ》と、効験あらたかな実績を積んだ僧たちもこれまでこんなにしつこいもののけに会ったことがないと困り果てる。が、そうは言っても実力ある僧たちのこと、あきらめずになお渾身の力を込めて責め立てると、もののけは辛うじて調伏されたかに見える。

弱り切ったもののけは《心苦しげに泣きわびて》現れる。が、調伏が不十分で憑座《よりまし》には移らず北の方に取り憑いたままである。もののけは祈禱が余程きつかったのか北の方の口を通して《すこしゆるべたまへや》と哀願したあと、《「大将に聞こゆべきことあり」とのたまふ》と、意味ありげに源氏を名指す。《のたまふ》という敬意のことばは北の方に対して使われており、語り手をはじめ周囲には北の方が語っているように見える。

しかし北の方付きの女房たちはそれをもののけのことばと聞く。《さればよ。あるやうあらむ》――やはりそうか、何かわけがあるのだ。源氏への恨みがからんでいると見た自分たちの勘は当たっているとばかりうなずき合う。やはりもののけは源氏に直接恨み言を言って話をつけたいのだろうと察し、源氏を北の方が臥すあたりの御几帳に入れる。

北の方の傍らに控えて容態を見守っていた左大臣と大宮は、《むげに限りのさまにものしたまふを、聞こえ置かまほしきこともおはするにや》と、娘の様子がまるで最後の時を迎えた人のように見え遺言もあろうかと婿の源氏を慮《おもんばか》ってその場を少し退く。親たちは娘が夫に遺言を残そうと最後の力をふりしぼって願い出たことばと聞いたのである。

祈禱の僧たちもものの願いを受け入れ声高《こわだか》な読経をやめる。《声しづめて法華経を誦みたる、いといみじう尊し》と、低音でひそやかに読み続けられる法華経の響きがありがたく心に沁みわたる。

御几帳《みきちやう》の帷《かたびら》引き上げて見たてまつりたまへば、いとをかしげにて、御腹はいみじう高うて臥したまへるさま、よそ人だに、見たてまつらむに心乱れぬべし。まして惜しう悲しうおぼす、ことわりなり。白き御衣《ぞ》に、色あひいとはなやかにて、御髪《ぐし》のいと長うこちたきを、引き結《ゆ》ひてうち添へたるも、かうてこそ、らうたげになまめきたるかた添ひてをかしかりけれと見ゆ。御手をとらへて、「あないみじ。心憂《う》きめを見せたまふかな」とて、ものも聞こえたまはず泣きたまへば、例はいとわづらはしうはづかしげなる御まみを、いとたゆげに見上げて、うちまもりきこえたまふに、涙のこぼるるさまを見たまふは、いかがあはれの浅からむ。

源氏が御几帳の帷を引き上げて中をのぞくと、北の方が《いとをかしげにて、御腹はいみじう高うて臥したまへる》と、異様な姿で臥しているのが目に飛び込む。あの美しい北の方がいかにも苦しげで、ふくれた腹部が何とも痛々しい。《よそ人だに、見たてまつらむに心乱れぬべし》と、夫婦でなくともこんな姿を見れば、動揺してしまうだろう。まして我が子を身籠もっている妻であれば《惜しう悲しうおぼす、ことわりなり》と、とても見ていられたものではないだろうと、語り手は源氏に深い同情を寄せる。「悲し」はその人のことが気になって胸が詰まる感じのことば。

北の方は出産を控えて白装束に身をまとっている。北の方ばかりでなくお付きの女房の衣装も、几帳、屏風など周囲の家具調度品すべてが白ずくめである。そんな白一色の世界に北の方の見事な黒髪は、《色あひいとはなやかにて》と鮮やかに映える。

《御髪のいと長うこちたきを、引き結ひてうち添へたるも》という姿に、源氏は目を奪われる。「こちたし」は多すぎてわずらわしい意。それは初めて見る北の方の打ちとけた姿だった。溢れるほど豊かな髪を結んで、その束は着物の横にさりげなく添えられている。その姿は《かうてこそ、らうたげになまめきたるかた添ひてをかしかりけれ》と源氏に映る。

これこそ自分が望んでいた妻の姿だ、いつもの端麗で美しい姿より繕わない姿でいる方が、どれほど愛らしく魅力的かと思う。源氏は北の方の手をとらえると、《あないみじ。心憂きめを見せたまふかな》と冗談めかして言う。妻の身をどれだけ案じたか、もうこんな身が縮むようなつらい思いはしたくないことをわかってほしい。これまで押さえてきた妻への思いが吹き出し、感極まってものも言わずに泣くのだった。

普段の北の方は《例はいとわづらはしうはづかしげなる御まみを》と、眼差しに人を拒むようなきつさがあって思わず引いてしまうところがある。が、今日はいつもと違う。《いとたゆげに見上げて、うちまもりきこえたまふに》と、源氏をじっと見上げる眼差しは《たゆげ》で、その《御まみ》から涙がこぼれ落ちるのを見た源氏は、《いかがあはれの浅からむ》と、いとしさが泉のように湧いてくるのをどうしようもなかった。

二重写し

あまりいたう泣きたまへば、心苦しき親たちの御ことをおぼし、また、かく見たまふにつけて、くちをしうおぼえたまふにやとおぼして、「何ごとも、いとかうなおぼし入れそ。さりともけしうはおはせじ。いかなりとも、かならず逢《あ》ふ瀬《せ》あなれば、対面はありなむ。大臣《おとど》、宮なども、深き契《ちぎ》りあるなかは、めぐりても絶えざなれば、あひ見るほどありなむとおぼせ」と、なぐさめたまふに、「いで、あらずや。身の上のいと苦しきを、しばしやすめたまへと聞こえむとてなむ。かく参り来むともさらに思はぬを、もの思ふ人の魂《たましひ》は、げにあくがるるものになむありける」と、なつかしげに言ひて、

嘆きわび空に乱るるわが魂《たま》を
　結びとどめよしたがひのつま

とのたまふ声、けはひ、その人にもあらず、かはりたまへり。

北の方はなおも泣き続ける。あまりひどく泣くので、源氏はいかにも悲しそうなその心中を、《心苦しき親たちの御ことをおぼし、また、かく見たまふにつけて、くちをしうおぼえたまふにや》と推し量る。北の方は後に残される親たちを不憫に思って泣くのだろうか。あるいはもう夫の自分と会えなくなると思い心残りで泣くのかもしれない。いずれにしても此の世に深く思いを残しながら、あの世に旅立とうとする北の方がかわいそうで黙っていられない。

《何ごとも、いとかうなおぼし入れそ。さりともけしうはおはせじ》と、そんなに思いつめないで気を楽にせよと声をかけ、《いかなりとも、かならず逢ふ瀬あなれば、対面はありなむ。大臣、宮なども、深き契りあるなかは、めぐりても絶えざなれば、あひ見るほどありなむとお

ぼせ》と、あの世でも私たちは夫婦だから必ず巡り会えるし、親たちとも深い縁で結ばれているから、何度生まれ変わろうと会える時が来ると慰めのことばを一心に紡いで励ます。

ところが北の方は《いで、あらずや》と言下に否定し、源氏のことばなど取り合わず《身の上のいと苦しきを、しばしやすめたまへ》と、調伏にあって身体が苦しい、祈禱は休んでほしいと訴えるではないか。北の方の口から突如発せられた《いで、あらずや》ということばは、日頃から口数が少なく冷静な北の方のものとも思えない。

が、北の方はなお《かく参り来むともさらに思はぬを、もの思ふ人の魂は、げにあくがるるものになむありける》と、まさかこんな所に来ようとは思いも寄らなかったのに、《あくがるる》魂のせいで来てしまったと感慨深そうに語る。「あくがる」はふらふらとさまようこと。その実感を込めて《なつかしげに》語る口調にはこれまで北の方には見られなかった情感が滲み出ている。「なつかし」は優しさにひかれて慕い寄って行きたくなる時に使うことば。

さらに思いを込めるように《嘆きわび空に乱るるわが魂を結びとどめよしたがひのつま》と歌を詠む。悲しみに堪えかねて宙にさ迷うわが魂をどうか留めてほしい、着物の下前の褄を結んでと源氏に向かって切々と懇願する。*

だが、気がつくとその《のたまふ声、けはひ》は《その人にもあらず》と、北の方とは全く別人に変わっていたのだった。源氏は奇怪な現象を目のあたりにして背筋が凍る。

＊古来人魂を見た時「魂は見つ主は誰とも知らねども結びとどめつしたがひのつま」という歌をとなえて男は左、女は右の褄を結んで三日たって解くという（「袋草子」）

いとあやしとおぼしめぐらすに、ただかの御息所《みやすどころ》なりけり。あさましう、人のとかく言ふを、よからぬ者どもの言ひ出づることと、聞きにくくおぼしてのたまひ消《け》つを、目に見す見す、世にはかかることこそはありけれと、うとましうなりぬ。あな心憂《う》とおぼされて、「かくのたまへど、誰とこそ知らね。たしかにのたまへ」とのたまへば、ただそれなる御ありさまに、あさましとは世の常なり。人々近う参るも、かたはらいたうおぼさる。

急に現れたあの人は一体誰なのかと思い巡らせば、《ただかの御息所なりけり》と、驚きの他はない。《ただ》は迷うことなくの意。源氏は《あさましう》と、御息所の生霊をこの目で見てしまったことに衝撃を受ける。

北の方に御息所の生霊が取り憑いていると世間の人々が《とかく言ふを》知ってはいたが、それは《よからぬ者どもの言ひ出づること》であって根も葉もないことと否定してきた。《よからぬ者》は身分の低い下々の者たち。

源氏が知る御息所は誰よりも奥ゆかしく教養が深くて誇り高い美人であり、そのような人が下々の間で忌まわしい噂の種にされるのは不愉快であり、御息所がそんなばかげたことで貶《おとし》められるのはたまらなかったのである。

ところが《目に見す見す》と、源氏が目にしたのは、紛れもなく御息所の生霊だった。《見す》は見せる意で、それを重ねることにより見せつけられたことを強調する。源氏は《世にはかかることこそはありけれ》と、ことばもない。自分は生霊に向かって話しかけていたのかと思うと《うとましうなりぬ》と、その不気味さにやりきれない思いである。《あな心憂とおぼされて》と、嫌悪の情が湧き上がってたまらなくなるが、今は生霊を早く退散させなくてはと気持ちが急《せ》く。このまま黙っていては生霊に魅入られてしまう。

生霊の正体はこの目で見て御息所に違いないと思うが、退散させるには相手を誰何《すいか》して名告《の》らせねばならぬと心を落ち着かせる。源氏は《かくのたまへど、誰とこそ知らね。たしかにのたまへ》と生霊に名告《の》りを促す。《ただそれなる御ありさまに》――生霊はまさしく御息所の名を示したのだった。できれば別の名を聞くことを祈っていた源氏は《あさましとは世の常なり》――《あさまし》などとはあまりに平凡な言い方でそんなものではないと強調するように、ことばを失いすべての感覚が麻痺したように固まる。《世の常なり》と突き放した言い方で衝撃の極致を伝えるのだった。

が、すぐ我に返った源氏はこのことが人に気取られてはまずいと用心する。《人々近う参るも、かたはらいたうおぼさる》と、女房たちが御簾近くにやって来てはこちらを伺っている様子を神経をとがらせながら見守る。「かたはらいたし」は傍らにいる人がいたたまれない思いをする時のことば。

すこし御声もしづまりたまへれば、隙《ひま》おはするにやとて、宮の御湯持《も》て寄せたまへるに、かき起こされたまひて、ほどなく生まれたまひぬ。うれしとおぼすこと限りなきに、人に駆《か》り移したまへる御もののけども、ねたがりまどふけはひ、いともの騒がしうて、後《のち》の事、また、いと心もとなし。言ふ限りなき願《ぐわん》ども立てさせたまふけにや、たひらかに事なり果てぬれば、山の座主《ざす》、何くれ、やむごとなき僧ども、したり顔に汗おしのごひつつ、急ぎまかでぬ。

名告りをあげたことで生霊はやっと調伏されたのだろう。激しく泣いていた北の方の声が静まる。やはり傍らで心配そうに様子を伺っていた母大宮は安堵の胸をなで下ろす。危ないところを持ちこたえてくれたことがうれしい。《隙おはするにや》と言いながら薬湯を持ちいそいそと娘の側に寄る。《隙》は病が一時収まった状態のこと。薬湯で正気が戻った北の方を《かき起こされたまひて、ほどなく生まれたまひぬ》と人々が抱き起こすとまもなく無事出産する。出産は坐位で行われるのが普通である。源氏や大宮をはじめ固唾を呑んで見守っていた皆は喜びに沸く。

しかし、《人に駆り移したまへる御もののけども、ねたがりまどふけはひ、いともの騒がしうて》と、もののけの騒ぎは収まり切ってはいなかった。北の方を苦しめていた生霊の他に憑《より》座《まし》に乗り移らせたもののけたちが、無事出産を妬み大げさに悔しがったりして騒ぎ立てる。衰えを知らぬもののけたちの騒ぎに後産を控えた邸の者たちは、《後の事、また、いと心もとなし》と不安に駆られる。

左大臣家では《言ふ限りなき願ども立てさせたまふけにや》と、数知れぬほどの願を掛けてもののけたちを散らし無事後産も終わらせた。《願》は神仏に財宝の奉納を約束して事の成就を祈ること。《言ふ限りなき》という膨大な量を表すことばが左大臣家の必死さを伝える。

比叡山延暦寺の天台座主、誰それという尊い僧たちは《したり顔》でほっと息をつく。執拗なもののけたちと悪戦苦闘し、何とか無事出産に導くことができて僧たちは満足げである。そして《汗おしのごひつつ》《急ぎまかでぬ》と、これ以上もののけと付き合わせられるのは御免被ると謂わんばかりに、そそくさと引き上げる。《急ぎ》という短いことばが僧たちの心情を語って印象深い。

多くの人の心を尽くしつる日ごろの名残《なごり》、すこしうちやすみて、今はさりともとおぼす。御修法《みずほふ》などは、またまた始め添へさせたまへど、まづは、興あり、めづらしき御かしづきに、皆人ゆるべり。院をはじめたてまつりて、親王《みこ》たち、上達部《かむだちめ》、残るなき産養《うぶやしなひ》どもの、めづらかにいかめしきを、夜ごとに見ののしる。男《をとこ》にてさへおはすれば、そのほどの作法、にぎははしくめでたし。

左大臣家では《多くの人の心を尽くしつる日ごろの名残、すこしうちやすみて》と、このころ多くの人々が北の方の身体を案じ、出産はどうなるかと気を揉みつつ過ごしたので緊張状態も少しやわらぎ、皆ほっと息をつく。もっとも心を砕いてきた左大臣と大宮も《今はさりとも》——もう大丈夫だろうと安心する。

とは言っても出産後の身体の衰弱につけ込まれないよう、もののけには用心した。《御修法などは、またまた始め添へさせたまへど》と、祈禱は手を抜くことなく行われ、新たな祈禱を加えたりして警戒を怠らなかった。しかし《まづは、興あり、めづらしき御かしづきに、皆人ゆるべり》と、当面邸の人々の関心は生まれたばかりの御子に移っていく。女房たちは御子に引きつけられ、御子の世話が新鮮で気持ちが浮き立つ。左大臣邸は緊張がほどけ、なごやかな空気に変わる。そんな変化を語り手が《皆人ゆるべり》と鋭く指摘する。

源氏の北の方が無事出産したとの知らせに宮中は沸く。左大臣邸はたちまち《院をはじめたてまつりて、親王たち、上達部、残るなき産養どもの、めづらかにいかめしきを、夜ごとに見ののしる。男にてさへおはすれば、そのほどの作法、にぎははしくめでたし》という騒ぎの中に放り込まれる。

《産養》は子の誕生を祝う行事で赤子誕生の夜を初夜として、三夜、五夜、七夜、九夜にわたって祝宴を催す。その際に親族や関係者は食料、子供の衣装、調度などを贈る。桐壺院をはじめ親王たち上達部などあらゆる人々から贈られた祝いの品々は、めったに見ないような豪華なものばかりだったので、邸の人々はそれらを目にする度に喚声を上げ興奮した。《夜ごとに見ののしる》の「ののしる」は大声を上げて騒ぎ立てる場面で使われることば。

《男にてさへおはすれば》の《さへ》が伝えるように、祝賀気分は赤子が男子だったことで何倍にも盛り上がった。その盛り上がりのただ中で産養の儀式も派手派手しく盛大に執り行われたのである。

芥子の香

かの御息所は、かかる御ありさまを聞きたまひても、ただならず。かねてはいとあやふく聞こえしを、たひらかにもはた、とうちおぼしけり。あやしう、われにもあらぬ御ここちをおぼし続くるに、御衣《ぞ》なども、ただ芥子《けし》の香《か》にしみ返りたるあやしさに、御ゆする参り、御衣《ぞ》着かへなどしたまひて、こころみたまへど、なほ同じやうにのみあれば、わが身ながらだにうとましうおぼさるるに、まして、人の言ひ思はむことなど、人にのたまふべきことならねば、心ひとつにおぼし嘆くに、いとど御心がはりもまさりゆく。

源氏の北の方が無事出産したとの知らせは御息所の耳にも入る。だが《かかる御ありさまを聞きたまひても、ただならず》と、宮中を挙げての祝福すべき出来事を平常心で受け止めることができない。《ただならず》ということばがむやみとざわつく御息所の心の有様を伝える。「いどみ心」がまた甦って心を占めているのであろうか。御息所は、以前聞いた話では北の方の命はもう危ないということだったのにと思いつつ、《たひらかにもはた》と心につぶやく。ふと口をついた《はた》は事の成否を危惧しながら推量する時のことばで、まさか、よもやの意。北の方が安産だったのは御息所の予期に反することだった。

しかし一方では、そう思ってしまう自分の気持ちを《あやしく》ということばと共に見つめようとする。《われにもあらぬ御ここちをおぼし続くるに》と、自分の身体が自分のものでなくなって、何かまとまったことすら考えられない頼りない感じにゆきつき、この感じは何であろうかとぼんやり辿っていると、《御衣なども、ただ芥子の香にしみ返りたるあやしさに》と、鼻を突く匂いがして我に返る。《芥子の香》はもののけ退散を祈って護摩（祈禱の時燃やす火）に油と共に入れて焚く芥子の実の匂い。邪気を払うためと謂われる。

着ている衣服すべてに芥子の香がしみついているではないか。《ただ》はそればかりの意で芥子の香を強調する。《しみ返りたる》の《返り》もすっかり〜する意で、芥子の香が強い香りを放っている様を表す。これは一体何なのか不気味で、《御ゆする参り、御衣着かへなどしたまひて、こころみたまへど》と、ともかくもこの強烈な芥子の香を何とか消そうとする。「ゆする」は米のとぎ汁などで髪を洗うこと。《こころみたまへど》ということばが、洗髪したり着替えをしたり思いつくことは何でもして、芥子の香から逃れようと必死になる様を伝える。

だが試みはすべてむなしかった。《なほ同じやうにのみあれば、わが身ながらだにうとましうおぼさるるに》と絶望に打ちのめされる。どんなことをしても消すことができないとわかった御息所は、この芥子の香が左大臣家でもののけ調伏のために焚かれた時のものであることを悟る。それは自分が確かに生霊でもあったことを示す動かぬ証拠であった。

前に何度か夢で見た、北の方を《打ちかなぐる》姿は自分の身体から抜け出した魂が、生霊になって取り憑いたものに違いないと感づいてはいた。だがこうしてまざまざと証拠を突きつけられるとあまりにつらく悲しく頭の中が真っ白になる。わが身にまといつくこのおぞましい事実をどう受け入れよというのか。御息所はわが身を呪い気が狂わんばかりにうろたえ嘆く。《まして、人の言ひ思はむことなど》と、この上世間の人が消えぬ芥子の香のことを知ったらわが身はどうなるというのか、世間の人はこのことをどう思いどんな噂を流すだろうか、それを想像するだけで身震いするほど恐ろしい。が、御息所は《人にのたまふべきことならねば、心ひとつにおぼし嘆くに》と思ってひとまず心を落ち着かせる。自分から他人に言い出しさえしなければ、世間へ漏れることはないだろうと気づいたのである。

御息所は《人にのたまふべきことならねば》とあるように、身近な女房たちにも気を許さず人を遠ざけるようになり、ひとり秘密を抱いて悶々とする。だが《いとど御心がはりもまさりゆく》と、そうして思い詰めれば思い詰めるほど意識は乱れ、御息所は心の闇深くつきすすむのだった。

大将殿は、ここちすこしのどめたまひて、あさましかりしほどの問はず語《がた》りも、心憂くおぼしいでられつつ、いとほど経《へ》にけるも心苦しう、また気近《けぢか》う見たてまつらむには、いかにぞや、うたておぼゆべきを、人の御ためいとほしう、よろづにおぼして、御文ばかりぞありける。

いたうわづらひたまひし人の御名残《なごり》ゆゆしう、心ゆるびなげに、誰もおぼしたれば、ことわりにて、御ありきもなし。なほいとなやましげにのみしたまへば、例のさまにてもまだ対面したまはず。若君のいとゆゆしきまで見えたまふ御ありさまを、今から、いとさまことにもてかしづききこえたまふさま、おろかならず。ことあひたるここちして、大臣《おとど》もうれしういみじと思ひきこえたまへるに、ただこの御ここちおこたり果てたまはぬを、心もとなくおぼせど、さばかりいみじかりし名残にこそはとおぼして、いかでかは、さのみは心をもまどはしたまはむ。

一方源氏は《ここちすこしのどめたまひて》と妻の安産でひとまず息をつく。「のどむ」は心が落ち着く意。それにしてもあの時のことが——生霊の《あさましかりしほどの問はず語りも》――なんとも言いようがなく生々しかったおしゃべりが、名状しがたいいやな感じと共に甦る。耳目に焼き付いて離れない「声」と「けはひ」はあろうことか、御息所のそれだった。

源氏はこの事実をどう受け止めたらいいのかわからない。今後、御息所とこれまで通り会えるものなのかどうか戸惑うばかりである。が、ためらいがちになりながらも《いとほど経にけるも心苦しう》と、このまま放っておいて御息所の気持ちを一層深く傷つけることになるのは耐え難いことだと思う。源氏は北の方の元を離れられなくてないがしろにされている御息所の気持ちに思いを致す。

しかし、だからと言って《また気近う見たてまつらむには、いかにぞや、うたておぼゆべきを、人の御ためいとほしう、よろづにおぼして》――間近に逢うとなるときっと嫌悪の情が湧いてくるだろうが、それも御息所のために気の毒なことだと思う、などと様々思い悩むのだった。

そして《御文ばかりぞありける》と、御息所の元には手紙ばかりが届けられたのだった。強意の《ぞ》、詠嘆の《ありける》が、源氏の苦慮が込められた一通の手紙の存在感を語る。

出産後、左大臣家に張っていた緊張感は緩まったものの、なお警戒を怠ることはなかった。北の方の容態はかなり悪かったので《御名残ゆゆしう》と、誰もが産後の肥立ちに不安を感じていた。親たちをはじめ周りの者も皆《心ゆるびなげに、誰もおぼしたれば》と、油断のないように北の方の様子にはそれとなく気を遣った。そんな気遣いを源氏も感じるので外出は当然控える。

が、北の方の体調は《なほいとなやましげにのみしたまへば、例のさまにてもまだ対面したまはず》と、一向にすぐれず、ひどく苦しそうな症状がずっと続いている。源氏は北の方と早く普段通りの対面がしたいのにそれができず、病状を案じつつ左大臣邸に足止めされる。源氏の関心は勢い生まれたばかりの若君に向く。

《いとゆゆしきまで見えたまふ御ありさま》の若君は源氏に似たためだろうか、怖いほど美しい。これほどまで美しい子を授かったことがうれしくてならず改めて喜びが込み上げる。源氏は《今から、いとさまことにもてかしづききこえたまふさま、おろかならず》と、もう若君に夢中である。若君を特別大切な人として扱い、なみなみならぬ愛情を注ぐ。《今から》と言うことばが若君に期待する父親としての意気込みを伝える。

源氏のそんな若君へ寄せる熱い思いを見聞きするにつけ、左大臣は《ことあひたるここちして》《うれしういみじと思ひきこえたまへるに》と、やっと心が充たされる。「ことあふ」は物事が思い通りに運ぶ意。

左大臣は結婚当初から、源氏が娘の北の方には冷たくて、夫婦仲もしっくりいってなかったらしいのを密かに恨んでもいたが、源氏は懐妊以後何くれとなく気遣ってくれ、出産の時には娘の側を離れることなく心を込めて看護をしてくれた。おかげでこんな美しい男子を得ることもできた。春宮を差し置き自分の胸一つで源氏を婿に迎えたのは間違ってはいなかったと思う。ここまで費やした長い年月に思いを致して感慨深い。

左大臣の心にただ一点影を落としているのは、《ただこの御ここちおこたり果てたまはぬを、心もとなくおぼせど》と北の方の病んだ身体が元通りに回復し切らないことだった。しかし《さばかりいみじかりし名残にこそはとおぼして》と思い直す。生死の境をさまようほど病は重かったのだからそんなにすぐにはよくならないのかもしれない、《名残》の症状を引きずって病みついているのも仕方あるまいと、自分に納得させる。《いかでかは、さのみは心をもまどはしたまはむ》と、語り手が《いかでかは》の逆接の強いことばで、そんな一点の不安などにいつまでもこだわっていられない今の喜びに包まれた左大臣の心境を語る。

夫婦の絆

若宮の御まみのうつくしさなどの、春宮《とうぐう》にいみじう似たてまつりたまへるを、見たてまつりたまひても、まづ恋しう思ひ出《い》でられさせたまふに、忍びがたくて、参りたまはむとて、「内裏《うち》などにもあまり久しう参りはべらねば、いぶせさに、今日なむ初立《うひだ》ちしはべるを、すこし気《け》近きほどにて聞こえさせばや。あまりおぼつかなき御心の隔てかな」と、恨みきこえたまへれば、「げに、ただひとへに艶《えん》にのみあるべき御仲にもあらぬを、いたう衰へたまへりといひながら、物越《ものごし》にてなどあべきかは」とて、臥したまへる所に、御座《おまし》近う参りたれば、入りてものなど聞こえたまふ。御いらへ時々聞こえたまふも、なほいと弱げなり。されど、むげに亡き人と思ひきこえし御ありさまをおぼしいづれば、夢のここちして、ゆゆしかりしほどのことどもなど聞こえたまふついでにも、かのむげに息も絶えたるやうにおはせしが、引きかえし、つぶつぶとのたまひしことども、おぼしいづるに心憂《う》ければ、「いさや、聞こえまほしきこといと多かれど、まだいとたゆげにおぼしためればこそ」とて、「御湯参れ」などさへあつかひきこえたまふを、いつならひたまひけむと、人々あはれがりきこゆ。

若宮の面差しは《御まみ》――目元が愛らしい。見れば見るほど春宮に似ておりその面影を彷彿とさせる。源氏は若宮を見るにつけて《まづ恋しう思ひ出でられさせたまふに、忍びがたくて》と、何はともあれ春宮に会いたくてたまらなくなる。春宮は宮中で何事もなく過ごしているだろうか。このところ北の方の病気出産といった大事が立て続き宮中へは無沙汰を重ねているが、とりあえず春宮の顔を見に参内することに決める。《まづ》《恋しう》《忍びがたくて》などのことばが春宮に思いを募らせていることを伝える。

源氏は久々の外出なので北の方に直《じか》に挨拶をしたい。側近くに仕える女房に、《「内裏などにもあまり久しう参りはべらねば、いぶせさに、今日なむ初立ちしはべるを、すこし気近きほどにて聞こえさせばや。あまりおぼつかなき御心の隔てかな」》と、恨めしそうな口調で訴える。《いぶせさ》は気がかりなこと。《気近きほど》は物越しではなく直接にの意。

女房たちも物越しながら病床を離れることなく北の方を見守っていた源氏の気持ちに配慮が足りず、直の対面を遠慮していたことに気付かなかったのである。源氏に言われて《「げに、ただひとへに艶にのみあるべき御仲にもあらぬを、いたう衰へたまへりといひながら、物越にてなどあべきかは」》と、申し訳なさを込めてすぐに応じる。《艶にのみあるべき御仲にもあらぬ》とは恋人同士のように何事もきれいごとで済ませられる間柄ではなく夫婦なのだからの意。《あべきかは》は「あるべきかは」のくだけた言い方であってはならない意。

女房たちは早速北の方が臥す傍らに源氏の《御座》をしつらえる。源氏は几帳の中に入ってそこに座り北の方と話を交わす。北の方の様子は《御いらへ時々聞こえたまふも、なほいと弱げなり》と映る。源氏の問いかけに時折りは答えるが、声の調子はまだとても弱々しくて回復のきざしは見られない。

それでもひところの《むげに亡き人と思ひきこえし御ありさま》のように死線をさまよっていた危篤状態の北の方を思い出すと、今こうして話を交わせるのは夢のような心地である。源氏は《ゆゆしかりしほどのことどもなど聞こえたまふ》と、危なかった時の北の方がどんな様子だったかを話して聞かせる。

が、話をしているうちに《かのむげに息も絶えたるやうにおはせしが、引きかえし、つぶつぶとのたまひしことども》と、北の方を襲った異変の様が頭をよぎり何とも嫌な気持ちが甦る。《引きかえし》はとって返す意で急に様子が変わったことを指す。あの時、今にも息絶えるかに見えた北の方がいきなりしゃべり始めたのだった。そのしゃべり方を表す《つぶつぶ》ということばがその時の生々しい感じを伝える。

源氏はこの話は打ち切りたいと思い、《「いさや、聞こえまほしきこといと多かれど、まだいとたゆげにおぼしためればこそ」》と語りかけて、いかにもだるそうに見える病身の妻をいたわるのだった。

源氏は北の方の元を離れがたい。薬湯を飲ませることまでして何かと世話を焼く。そんなまめまめしい姿に女房たちは《「御湯参れ」などさへあつかひきこえたまふを、いつならひたまひけむ》と言って感じ入る。薬湯を飲ませるなどという看護の仕方を源氏のような高い身分の男が、一体いつ覚えたのだろうと驚きの目を向ける。《人々あはれがりきこゆ》ということばが、妻をいとおしむ源氏にしみじみ共感を寄せる女房たちの思いを伝える。

いとをかしげなる人の、いたう弱りそこなはれて、あるかなきかのけしきにて臥《ふ》し

たまへるさま、いとらうたげに心苦しげなり。御髪《ぐし》の乱れたる筋もなく、はらはらとかかれる枕のほど、ありがたきまで見ゆれば、年ごろ何ごとを飽かぬことありて思ひつらむと、あやしきまでうちまもられたまふ。「院などに参りて、いとうまかでなむ。かやうにて、おぼつかなからず見たてまつらば、うれしかるべきを、宮のつとおはするに、ここちなくやと、つつみて過ぐしつるも苦しきを、なほやうやう心強くおぼしなして、例の御座所《おましどころ》にこそ。あまり若くもてなしたまへば、かたへは、かくものしたまふぞ」など、聞こえおきたまひて、いときよげにうち装束《さうぞ》きて出《い》でたまふを、常よりは目とどめて、見いだして臥《ふ》したまへり。秋の司召《つかさめし》あるべき定めにて、大殿《おほいとの》も参りたまへば、君達《きみたち》もいたはり望みたまふことどもありて、殿の御あたり離れたまはねば、皆ひき続き出でたまひぬ。

北の方は《いとをかしげなる人》と、端麗ということばそのままの本当に美しい人なのにと源氏は思う。その人が今は《いたう弱りそこなはれて、あるかなきかのけしきにて》と、すっかり衰弱しやつれ果て、息も絶え絶えの有様で身を横たえている。そんな姿を見ると《いとらうたげに心苦しげな》と、無性にいとおしくて心がかき乱される。

結婚してからの北の方は対面の時も身構えたところがあって、なかなか打ちとけられない人だった。その人が今何の構えもなく病み果てた身をさらけ出している。

その上、姿容貌がこれほどまでやつれているのに、御髪の美しさが少しも変わっていない。《御髪の乱れたる筋もなく、はらはらとかかれる枕のほど、ありがたきまで見ゆれば》と、常と変わらず端正に整えられた美しい髪が女らしい魅力を際立たせている。《ありがたきまで》という、あるはずがない意のことばが、神々しいものに出会ったような感動を覚えて北の方をひたと見つめる源氏の眼差しを伝える。

《年ごろ何ごとを飽かぬことありて思ひつらむと、あやしきまでうちまもられたまふ》と、源氏はこれまで抱いてきた不満の気持ちがあとかたもなく消えてしまったような気さえして、北の方を飽くことなく見つめる。自分でも理解しがたい気持ちを表す《あやしきまで》ということばが示すように、求めても得られなかった夫婦の絆を、今この時に取り戻そうとするかのような情熱の籠もった熱い眼差しだった。

源氏はまず院などに外出するがすぐに戻ると告げ、《かやうにて、おぼつかなからず見たてまつらば、うれしかるべきを》と、直《じか》に顔を合わせられる夫婦だけの時がもてたことを喜ぶ。同時に《宮のつとおはするに、ここちなくやと、つつみて過ぐしつるも苦しきを》と、親に気を遣って側に居られなかった苦痛を率直に打ち明ける。《つと》はそのままずっとの意。《ここちなくや》は心ないように思われるだろうかとの意。《なほやうやう心強くおぼしなして、例の御座所にこそ》と、北の方は少しずつ元気を取り戻しいつもの夫婦の部屋に移ってほしいと、《こそ》を添えて語調も強く妻を励ます。そして《あまり若くもてなしたまへば、かたへは、かくもものしたまふぞ》——母宮が子供扱いするからいつまでもよくならないのだと忌憚のない意見を言って出て行く。これまで言いたいことも言えず胸に鬱積していた妻へのわだかまりは嘘のように消え、夫らしく打ちとけた口調がほとばしるのだった。

参内する源氏は邸で籠もっていた時の身なりと違い、《いときよげにうち装束きて》邸を出る。北の方は華麗な装いに身を包んだ源氏の後ろ姿を《常よりは目とどめて、見いだして》から臥す。夫の美しい外出姿を目に焼き付けるかのように一心に見送ったのである。《常よりは目とどめて》という語り手のさりげないことばに、北の方の気持ちが籠もる。

これまでは女房たちの手前、形ばかりの見送りですませてきた。だが今日は親身に踏み込んで自分をいたわり守ろうとしてくれる夫の気持ちがひしと感じられる。自分は夫に愛され必要とされているという、喜びの感情に包まれつつ感慨深い眼差しで源氏を見送ったのだった。

宮中ではその日《秋の司召》が行われることになっていた。《司召》とは大臣以外の中央および地方の官吏を任命する儀式のこと。秋に行われるのを「司召除目」といって、主として中央の官吏を任命する。左大臣は誰をどの職に任ずるかを決める会議の筆頭を務めるので、源氏に続いて参内する。左大臣家は色めき立ち、子息たちも《いたはり望みたまふことどもありて》左大臣の側を離れようとしない。それぞれ待ち望む役職を父左大臣に期待する。

源氏は邸を去り、残る左大臣家の人々も関心事は《司召》に集中していた。それだけに心奪われつつ《皆ひき続き出でたまひぬ》と、気もそぞろに次々と邸を出払って行ったのである。

急死

殿《との》の内人少《ひとずく》なにしめやかなるほどに、にはかに例の御胸をせきあげて、いといたうまどひたまふ。内裏《うち》に御消息《せうそこ》聞こえたまふほどもなく、絶え入りたまひぬ。足を空にて誰も誰もまかでたまひぬれば、除目《じもく》の夜《よ》なりけれど、かくわりなき御さはりなれば、みな事破れたるやうなり。ののしり騒ぐほど、夜中ばかりなれば、山の座主《ざす》、何くれの僧都《そうづ》たちも、え請《さう》じあへたまはず。今はさりともと思ひたゆみたりつるに、あさましければ、殿の内の人、ものにぞあたる。所所の御とぶらひの使《つかひ》など、立ちこみたれど、え聞こえつがず、ゆすりみちて、いみじき御心まどひども、いと恐ろしきまで見えたまふ。御もののけのたびたび取り入れたてまつりしをおぼして、御枕などもさながら、二三日見たてまつりたまへど、やうやうかはりたまふことどものあれば、限りとおぼし果つるほど、誰も誰もいといみじ。

左大臣家の男たち、婿の源氏に続いて、左大臣とその子息たちは、慌ただしく内裏へと向かう。左大臣邸に残されたのは男たちを見送って一息つく女房、使用人たちなどである。左大臣邸は《殿の内人少なにしめやかなるほどに》と、急にひっそりとした静けさに包まれる。

ちょうどその時、北の方の病に異変が起こる。《にはかに例の御胸をせきあげて、いといたうまどひたまふ》と、ただならない。何事もなく臥していた北の方がいきなり胸をつまらせて苦しみもがいている。《例の》とあるようにもののけに襲われた時の症状と同様であると語り手は付け加える。傍に控える女房たちはその変わり様に気が動転しうろたえ騒ぐが、どうにもならない。一刻も早く宮中の左大臣たちに知らせなくてはと急遽使者を立てる。だが《内裏に御消息聞こえたまふほどもなく、絶え入りたまひぬ》と宮中に知らせが届くまもなく、北の方はあっという間に息が絶えた。

源氏の北の方が急死したという知らせに宮中の男たちは《足を空にて誰も誰もまかでたまひぬれば》と、取るものもとりあえずいっせいに邸に戻る。《足を空にて》という言い方が左大臣たちの狼狽ぶりを伝える。司召の除目は午後にはじまり夜半に及ぶ予定だった。しかし《かくわりなき御さはりなれば、みな事破れたるやうなり》と、左大臣をはじめ政の主だった人々は除目を投げうって退出したので、その日決まったことなども無に帰してしまった。北の方の死の知らせはそれほど重大な《御さはり》であったのだ。《みな事破れたるやうなり》という言い方には夢や希望を除目に託していた人々の気持ちをも表している。

人々が邸に戻るにつれ騒ぎは募り、夜中も過ぎる頃は邸中が《ののしり騒ぐほど》と、混乱と興奮の渦に巻き込まれていた。人々は急死の事実をすぐには受け入れられず、祈禱を施せば蘇るかもしれないと、はかない望みを抱くが、肝心の《山の座主、何くれの僧都たち》をこんな時刻に請い招くことはできず、手を拱《こまぬ》いているばかりだった。

邸の人々は出産後も体調に注意を払って祈禱を続けてきたのに、まさかこんなことになるとはとただあっけにとられている。《今はさりともと思ひたゆみたりつるに、あさましければ》と、もうもののけは寄りつかないだろうと油断してしまったことを激しく悔いる。人々の混乱し狼狽する様を《ものにぞあたる》と一言が活写する。

やがて左大臣邸にはあちこちから弔問の使者が詰めかける。しかし《所所の御とぶらひの使など、立ちこみたれど、え聞こえつがず、ゆすりみちて》と、邸の者たちは押しかける使者たちに目もくれず右往左往するばかりで動揺が渦巻いている。《ゆすりみちて》の「ゆする」は人々が大騒ぎをすること。北の方の身内の人々の悲嘆は言いようもなく《いみじき御心まどひども、いと恐ろしきまで見えたまふ》と、その嘆き様は狂乱の振る舞いかと見まがうばかりだった。

死の事実を認めようとしない人々は、北の方にはもののけが何度もとりつき、絶命したかに見えながら息を吹き返してきたことを思い出す。今度も生き返るかもしれないと《御枕などもさながら、二三日見たてまつりたまへど》と一縷の望みを抱く。《さながら》はそのままの意。遺体を動かさず元のように寝かせたまま、人々は目をこらし様子を伺いながら二三日を過ごす。

しかし遺体には《やうやうかはりたまふことどものあれば》と、これ以上このままにしておけない程の変化が現れる。《やうやう》は次第にの意。《ども》は複数を表し死相も腐臭も。《限りとおぼし果つるほど、誰も誰もいといみじ》――望みを絶たれた人々はもはやこれまでと死の現実を受け入れざるを得ない。左大臣邸に垂れ込める深い悲しみの帳《とばり》の中に誰もが沈み込むのだった。

大将殿は、悲しきことにことを添へて、世の中をいと憂《う》きものにおぼししみぬれば、ただならぬ御あたりのとぶらひども、心憂しとのみぞ、なべておぼさるる。院におぼし嘆き、とぶらひきこえさせたまふさま、かへりておもだたしげなるを、うれしき瀬《せ》もまじりて、大臣《おとど》は御涙のいとまなし。人の申すに従ひて、いかめしきことどもを、生きやかへりたまふと、さまざまに残ることなく、かつそこなはれたまふことどものあるを見る見るも、尽きせずおぼしまどへど、かひなくて日ごろになれば、いかがはせむとて、鳥部野《とりべの》に率《ゐ》てたてまつるほど、いみじげなること多かり。

左大臣家の婿という立場で妻の急死に遭遇した源氏の心境はもっと複雑だった。源氏は《悲しきことにことを添へて、世の中をいと憂きものにおぼししみぬれば、ただならぬ御あたりのとぶらひどもも、心憂しとのみぞ、なべておぼさるる》という心境に陥っていた。

北の方に対する長年のこだわりの気持ち——打ちとけたいのに打ちとけられずくすぶり続けていた——も解け、やっと心を通わせられるようになった矢先の不意打ちの死。そのあまりの酷《むご》さ、虚しさに源氏は打ちのめされた。それに加えておぞましくも御息所の生霊が北の方に取り憑いていたのを目のあたりにしてしまったことが追い打ちをかける。

源氏は二人の女の悲劇に直面して《世の中》というものがつくづくと嫌になる。《世の中》は男女の仲の意。二人の女とは特別な関係を結んできたが、それがこんなにもつらい思いをもたらすものかと源氏は思い知ったのだった。北の方の訃報を聞き源氏と《ただならぬ》関係にある《御あたり》——高貴な方も含めた女たちが心を込めた弔問を寄せてくるが、それすらうとましく感じるばかりで何の感興も引き起こさない。北の方を失った悲しみが高じてすべてのことが嫌になり女たちにも心を閉ざすのだった。

そんな時、桐壺院から悲嘆の思いを込めた弔問が左大臣家に届けられる。左大臣は《院におぼし嘆き、とぶらひきこえさせたまふさま、かへりておもだたしげなるを、うれしき瀬もまじりて、大臣は御涙のいとまなし》と感激する。《おもだたし》は光栄に思う意。《瀬》は点、ふしの意。わざわざ院からの弔問を受けたことで一層悲しみをそそられたが、一方で何やら晴れがましいことにも思える。北の方がいかに重んじられていたかをこの名誉ある弔問が語っており、親としてはそれがうれしい。左大臣は悲しみの涙とうれし涙とが混じり合って泣いてばかりいるのだった。

左大臣は、はじめ娘の死がどうしても信じられずにあたりかまわず取り乱していたが、周りの人のすすめで蘇生を願い、《いかめしきことどもを、生きやかへりたまふと、さまざまに残ることなく》試みる。《生きやかへりたまふと》の《や》はもしやという疑問の意。厳かにまじないや祈禱などを執り行ったり蘇生のためにはどんなこともためらわず取り入れた。

《かつそこなはれたまふことどものあるを見る見るも、尽きせずおぼしまどへど、かひなくて日ごろになれば》と、その数日間はいてもたってもいられない気持ちに駆られて過ごすが、祈禱の効き目は一向に表れず美しい娘の遺体には死相が帯びて日ごとに傷んでくるのを目の当たりにしなければならなかった。《見る見る》ということばに生き返りのしるしを見つけようと目を凝らす左大臣の必死の様子が伺える。

が、《いかがはせむとて、鳥部野に率てたてまつるほど、いみじげなること多かり》とこれ以上はどうにもならないと蘇生の望みを断念する。そして鳥部野へと娘の遺体を運んでゆく。《鳥部野》は東山西南麓の火葬場のある所。道々車に揺られながら娘を思う左大臣の悲しみはいかばかりであったか。語り手は筆舌に尽くしがたい悲しみのただ中の心情を《いみじげなること多かり》と思いやるのだった。

追慕の日々

こなたかなたの御送りの人ども、寺々の念仏僧《ねんぶつそう》など、そこら広き野に所もなし。院をばさらにも申さず、后《きさい》の宮、春宮《とうぐう》などの御使、さらぬ所々のも参りちがひて、飽かずいみじき御とぶらひを聞こえたまふ。大臣《おとど》はえ立ちあがりたまはず、「かかる齢《よはひ》の末《すゑ》に、若く盛《さか》りの子に後《おく》れたてまつりて、もごよふこと」と恥ぢ泣きたまふを、ここらの人悲しう見たてまつる。夜もすがらいみじうののしりつる儀式なれど、いともはかなき御屍《かばね》ばかりを御名残にて、暁《あかつき》深く帰りたまふ。常のことなれど、人一人か、あまたしも見たまはぬことなればにや、類《たぐ》ひなくおぼしこがれたり。八月二十余日《にじふよにち》の有明《ありあけ》なれば、空のけしきもあはれ少なからぬに、大臣《おとど》の闇にくれまどひたまへるさまを見たまふも、ことわりにいみじければ、空のみながめられたまひて、

のぼりぬる煙《けぶり》はそれとわかねども
なべて雲居《くもゐ》のあはれなるかな

《こなたかなたの御送りの人ども、寺々の念仏僧など、そこら広き野に所もなし》――鳥部野のはるか一面に広がる野原も北の方急死の知らせにあちらこちらから駆けつけた野辺送りの人々、方々の寺から遣わされた念仏僧たちで溢れかえっていた。その中には《院をばさらにも申さず、后の宮、春宮などの》――源氏と左大臣家に深く繋がる高貴な筋からの御使たちも交じり、亡き人の朝廷からの信望の厚さ、身分の重さを改めて人々に知らしめる。《さらにも申さず》と強調のことばで院の深い悲しみを語り手はさりげなく伝える。《さらぬ所々のも参りちがひて》と、そのほかの方々の使者たちも入れ替わり立ち替わり左大臣の元にやって来ては、《飽かずいみじき》と、弔問の挨拶を述べてゆく。《いみじ》は悲しい意。

しかし弔問を受ける左大臣はあまりの悲しみに立ちあがることができない。《「かかる齢の末に、若く盛りの子に後れたてまつりて、もごよふこと」》と恥じて泣く。「後る」は先立たれること。《もごよふ》は足腰が立たなくなって這って行くこと。老いて子を失った悲しみはあまりに深く地にうずくまって慟哭するしかない左大臣の姿を、葬場を埋め尽くす人々は《ここらの人悲しう見たてまつる》と、痛ましい思いで見守る。《ここら》はたくさんの意。

そんな悲しみも呑み込んだ葬場は《夜もすがらいみじうののしりつる》と、次々に詰めかける会葬者でごったがえし、人々の騒ぎは一晩中絶えることがなかった。葬儀は実に盛大に営まれたのである。

人々が去った後には葬場の片隅で荼毘に付された北の方の《いともはかなき御屍ばかりを御名残にて》と、遺骨だけが形見として残される。《いともはかなき》ということばが遺骨を見て胸を衝かれている源氏の心情を語る。源氏は《暁深く》帰途につく。

人の死は世の常のことだが、源氏が近しい人の死に目に遭ったのは、《人一人か、あまたしも見たまはぬことなればにや》と殆どない。この度の衝撃は大きく《類ひなくおぼしこがれたり》と、妻恋しさで胸が張り裂けそうである。

気がつけば八月二十余日の有明の月が美しく浮かび、澄み切った空に一層の風情を添えている。が、傍らの大臣を見れば《*闇にくれまどひたまへるさまを見たまふも、ことわりにいみじければ》と、未だに取り乱したまま悲しみにくれている。それも当然のことと左大臣の悲しみはわが身につまされる。

源氏は《*空のみながめられたまひて》妻を偲ぶ。この夜、煙と共に空に上って行った妻の魂を見つけ出そうとするかのように空ばかりを見つめる。《のぼりぬる煙はそれとわかねどもなべて雲居のあはれなるかな》と自ずと歌が出る。煙は雲と混じり合って空を覆っているが、あの雲の広がる一面の空が妻だと思うと空の美しさがしみじみと心に沁みるのだった。

＊《闇》は「心の闇」のこと、「人の親の心は闇にあらねども子を思ふ道にまどひぬるかな」（藤原兼輔）

＊「大空は恋しき人のかたみかは物思ふごとにながめらるらむ」（古今集・酒井人真）

殿におはし着きて、つゆまどろまれたまはず。年ごろの御ありさまをおぼしいでつつ、などて、つひにはおのづから見なほしたまひてむとのどかに思ひて、なほざりのすさびにつけても、つらしとおぼえられたてまつりけむ、世を経《へ》て、うとくはづかしきものに思ひて過ぎ果てたまひぬる、など、くやしきこと多くおぼし続けらるれど、かひなし。にばめる御衣たてまつれるも、夢のここちして、われ先立たましかば、深くぞ染めたまはましとおぼすさへ、

限りあれば薄墨《うすずみ》衣《ころも》浅けれど

涙ぞ袖をふちとなしける

とて、念誦《ねんず》したまへるさま、いとどなまめかしさまさりて、経忍びやかに誦《よ》みたまひつつ、「法界三昧普賢大士《ほふかいさんまいふげんたいし》」とうちのたまへる、行《おこな》ひ馴れたる法師よりはけなり。若

君を見たてまつりたまふにも、「何にしのぶの」と、いとど露けけれど、かかる形見さへなからましかばと、おぼしなぐさむ。

左大臣邸に戻っても妻のことを思って、《つゆまどろまれたまはず》と一睡もできない。源氏は激しい後悔の念に駆られる。源氏の脳裡に《年ごろの御ありさまをおぼしいでつつ》と、結婚してから今日まで共に過ごした妻の姿が次々と浮かぶ。申し分なく美しいがとりすました表情をしている。何か言いたいことがあったのにあえて口を閉ざしていたのだろうか。自分は妻の心の動きなど知ろうともせず、つけいる隙のない表情に気押されてこちらから近づくこともしなかった。

《などて、つひにはおのづから見なほしたまひてむとのどかに思ひて》と、どうして自分はいつかはわかってくれるだろうと気楽に考えて、妻の気持ちを思いやろうともしなかったのだろう。左大臣家を遠ざけふらふらと他の女に言い寄っては気持ちを紛らわせていた《なほざりのすさびにつけても》、妻はつらい気持ちで耐え忍んでいたのだろうと思うと源氏は心が痛む。《なほざり》はいい加減なこと。妻は《世を経て》——連れ添っている間中、自分のことを《うとくはづかしきものに思ひて過ぎ果てたまひぬる》と、何を考えているかよくわからず気が許せない男と思って、打ちとけられないまま亡くなってしまったのだ。《くやしきこと多くおぼし続けらるれど、かひなし》と、悔やんでも悔やんでも悔やみきれない思いがひたひたと押し寄せる。しかしそれはとりかえしのつかないことでどうにかなるわけではない。源氏は死の空しさに呆然とするばかりだった。

《にばめる御衣たてまつれるも、夢のここちして》と、自分が妻のために鈍色の喪服を着ているのも何か夢の中での出来事のような気さえして現実感がない。これほど悲しみが深いのに鈍色の喪服を着ていることに違和感を覚え、《われ先立たましかば、深くぞ染めたまはまし》と想像する。自分が先に死んでいたら妻は喪服の色をもっと濃く染めるだろうと思う。こんな感慨を《限りあれば薄墨衣浅けれど涙ぞ袖をふちとなしける》と歌に詠む。妻の喪は三か月で喪服の色は鈍色（薄墨色）と決まっている。喪服の色は薄いが悲しみの涙がたまって袖は藤色になってしまったと言う。「ふち」に「淵」と「藤」をかける。「藤」は喪服の藤衣をさす。

語り手は源氏が念誦し経を読む姿を《いとどなまめかしさまさりて、経忍びやかに誦みたまひつつ、「法界三昧普賢大士」とうちのたまへる、行ひ馴れたる法師よりはけなり》とほめたたえる。傷心の身をただ祈ることで、支えているかのようにあやうく見える源氏にはこれまで以上に《なまめかしさ》が漂う。「なまめかし」は気品ある優美な美しさを表す。そしてまたひっそりと口にする経文の唱え方が経を読むのに馴れたなまじいの法師より《け》（異）――上手で心に沁みると言う。

源氏は若君を見るたびに《「*何にしのぶの」と、いとど露けけれど》と、妻が思い出されて涙を滲ませる。《かかる形見さへなからましかばと、おぼしなぐさむ》と、この子がいなかったらしのぶよすがさへなく、心の空洞が埋まらないまま虚しい年月を重ねなければならないかもしれないと思うと、この形見の存在を改めてありがたく思うのだった。

＊「結びおきしかたみの子なかりせば何にしのぶの草を摘ままし」（兼忠朝臣母乳母）

宮はしづみ入りて、そのままに起き上がりたまはず、あやふげに見えたまふを、またおぼし騒ぎて、御祈りなどせさせたまふ。はかなう過ぎゆけば、御わざのいそぎなどせさせたまふも、おぼしかけざりしことなれば、尽きせずいみじうなむ。なのめにかたほなるをだに、人の親はいかが思ふめる、ましてことわりなり。また類《たぐ》ひおはせぬをだに、さうざうしくおぼしつるに、袖の上の玉の砕けたりけむよりも、あさましげなり。

母大宮は《しづみ入りて、そのままに起き上がりたまはず》と、絶望の闇にくれたまま起き上がれなくなってしまった。《あやふげに見えたまふを、またおぼし騒ぎて》と、このままでは命に障ると左大臣家では心配し慌ただしく方々に頼んで祈禱など試みさせる。

そうこうしているうちに日数ばかりが過ぎ、七日毎の法要の日が近づく。しかし《御わざのいそぎなどせさせたまふも、おぼしかけざりしことなれば、尽きせずいみじうなむ》と法要の準備をするにしても上の空である。大宮は不意に深い谷底に突き落とされてわけのわからないまま、泣き沈んでいるような有様である。

語り手は《なのめにかたほなるをだに、人の親はいかが思ふめる、ましてことわりなり》と、左大臣家などには及びもつかない家の場合でも子に先立たれた親の切なさは、想像するに余りあることだと言って、大宮の悲嘆の深さを思いやる。《なのめに》は並の意《かたほ》は未熟で劣る意。

大宮は普段から《また類ひおはせぬをだに、さうざうしくおぼしつるに》と、亡き北の方には姉妹がいないのを物足りなく思っていたのに、あろうことかたった一人の娘まで突如奪われてしまった。その心境はまさに《*袖の上の玉の砕けたりけむ》よりももっと《あさましげなり》と、ただ茫然自失の状態で何も考えられないという風なのも、もっともなことであろうと語り手は大宮の悲しみにひたと寄り添う。

＊出典不明の故事のことば。

大将の君は、二条の院にだに、あからさまにもわたりたまはず、あはれに心深う思ひ嘆きて、行《おこな》ひをまめにしたまひつつ、明かし暮らしたまふ。所々には、御文《ふみ》ばかりぞたてまつりたまふ。かの御息所は、斎宮《さいくう》は左衛門《さゑもん》の司《つかさ》に入りたまひにければ、いとどいつくしき御きよまはりにことづけて、聞こえも通ひたまはず。憂《う》しと思ひしみにし世も、なべていとはしうなりたまひて、かかるほだしだに添はざらましかば、願わしきさまにもなりなましとおぼすには、まづ対《たい》の姫君の、さうざうしくてものしたまふらむありさまぞ、ふとおぼしやらるる。夜《よる》は、御帳《みちやう》の内にひとり臥したまふに、宿直《とのゐ》の人々は近うめぐりてさぶらへど、かたはらさびしくて、「時しもあれ」と寝覚《ねざ》めがちなるに、声すぐれたる限り選《え》りさぶらはせたまふ念仏の暁方《あかつきがた》など、忍びがたし。

源氏は左大臣邸に籠もったまま、《二条の院にだに、あからさまにもわたりたまはず》と、自邸に戻ることも忘れたように亡き妻を悼む。《あからさまに》はちょっとの間の意。《あはれに心深う思ひ嘆きて、行ひをまめにしたまひつつ、明かし暮らしたまふ》と、日夜心の底から亡き妻を思い悔やんだり嘆いたりしてひたすら勤行に励む。

そんな中でも通い所の女たちに手紙を届けることは忘れない。あの御息所は斎宮と共に初齊院となった宮中の左衛門府に移り潔斎中の身と聞く。源氏は御息所を避けたいと思い、《いとどいつくしき御きよまはりにことづけて、聞こえも通ひたまはず》と、一層厳重になった潔斎にかこつけて手紙は届けず、二人の間で音信は途絶える。

源氏は《憂しと思ひしみにし世も、なべていとはしうなりたまひて》と、妻の死と御息所の生霊のことが重なって、世の中がつくづくと厭になり出家願望が頭をもたげる。《かかるほだしだに添はざらましかば、願わしきさまにもなりなまし》と、仮定の言い方に託して若君の存在がなかったら、念願の出家もできただろうにとまで思う。《ほだし》は人の身を束縛するもの。

しかし《まづ対の姫君の、さうざうしくてものしたまふらむありさまぞ、ふとおぼしやらるる》と、真っ先に浮かんでくるのは対の姫君の自分を待ちあぐねているだろう寂しげな姿である。源氏はいとしさが込み上げる。そんないとしい子を置いて出家などするわけにはいかないと思い直すのだった。

夜になれば御帳台の内に一人で寝む。夜間側に仕え相手をしてくれる宿直の女房たちが周りを囲んで控えている。が、いくら女房たちが居てくれても《かたはらさびしくて、「*時しもあれ」と寝覚めがちなるに、声すぐれたる限り選りさぶらはせたまふ念仏の暁方など、忍びがたし》と耐え難い喪失感に襲われる。傍らに妻がいない寂しさは如何ともしがたく、「時しもあれ」と古歌に歌われた通り人恋しさで眠ることができない。そんな時は声のいい僧だけを選んで念仏をさせるが、眠れぬまま迎える明け方の澄んだ声は一層寂しさを募らせるだけだった。

＊「時しもあれ」は「時しもあれ秋やは人の別るべきあるを見るだに恋しきものを」（壬生忠岑）

御息所の文

深き秋のあはれまさりゆく風の音、身にしみけるかなと、ならはぬ御独寝《ひとりね》に明かしかねたまへる朝ぼらけの霧《き》りわたれるに、菊のけしきばめる枝に、濃き青鈍《あをにび》の紙なる文《ふみ》つけて、さし置きて去《い》にけり。今めかしうもとて、見たまへば、御息所の御手なり。聞こえぬほどは、おぼし知るらむや。

人の世をあはれときくも露けきに
　おくるる袖を思ひこそやれ

ただ今の空に思ひたまへあまりてなむ。

とあり。常よりも優《いう》にも書いたまへるかなと、さすがに置きがたう見たまふものから、つれなの御とぶらひやと、心憂し。さりとて、かき絶え音なう聞こえざらむもいとほしく、人の御名の朽《く》ちぬべきことをおぼし乱る。

左大臣邸で喪中の時を過ごす源氏も、《深き秋のあはれまさりゆく風の音、身にしみけるかな》と、時の移ろいをしみじみと感じる。鳥部野の空を仰いで有明の月を見たのは八月二十日ごろだった。耳につく風の音で秋がこんなにも深まっていることに気づかされる。

源氏は独寝になかなか慣れない。ある時、眠れぬ夜を明かしかねてあけ方を迎えると、あたりは《朝ぼらけの霧りわたれるに》何とも趣深い空の景色に包まれている。そこへ《菊のけしきばめる枝に、濃き青鈍の紙なる文つけて》、一通の便りが届けられる。《けしきばめる》は咲き始める意。《青鈍》は青みを帯びた縹色（薄い藍色）で弔問の心を表す。それも《さし置きて去にけり》と、使者は誰からとも告げずにそのまま立ち去ったのだった。源氏は手紙の、折りにふさわしい料紙の色合い、それに合わせた菊の枝の葉色のしゃれて洗練された趣に心惹かれる。《今めかしうも》と感じ入って筆跡を見れば、御息所の手だった。

手紙には《聞こえぬほどは、おぼし知るらむや》——喪中ゆえ手紙は遠慮していたのをわかってくれるだろうかと、前書きが記され、《人の世をあはれときくも露けくにおくるる袖を思ひこそやれ》という弔問の歌が添えられていた。北の方のはかない死を聞くにつけ、先立たれた源氏の悲しみはいかばかりかとひたすら源氏の気持ちを思いやっている。《ただ今の空に思ひたまへあまりてなむ》と、今朝の空の風情にたまらなくなって思わず筆を取ったと後書きも添えられており、御息所らしい繊細な感性に共感をそそられる。またいつにもまして見事な筆跡に魅了され《常よりも優にも書いたまへるかな》と、感に堪えずに手紙を手に取ったまましばらく見入る。

だが、《さすがに置きがたう見たまふものから》の《ものから》が、御息所の感性をすばらしいと思う気持ちとは裏腹に、生霊を見た時の嫌な気持ちを甦えらせる。御息所の美し過ぎる手紙が白々しく映り《つれなの御とぶらひやと、心憂し》と、苦々しい気持ちを禁じ得なくなる。生霊のことには知らぬ顔で弔問の手紙を寄越す御息所に不信の思いも湧く。自分はこの間、北の方に付いて回る生霊を見たことでどんなに苦しんできたことか。

だが御息所が自分の方から源氏への手紙に生霊のことなどどうして触れられようか。忌まわしい自分の生霊を源氏だけには感づかれたくないと願う。未練の情を断ち切れない御息所は隠し通して精一杯装い源氏と向き合いたいのである。

しかし源氏は嫌悪感が甦るからと言って、《かき絶え音なう聞こえざらむもいとほしく、人の御名の朽ちぬべきことをおぼし乱る》と悩む。このまま縁を断ちふっつり便りをしなくなるのもかわいそうだ、二人のことは世間に知れ渡っているので、御息所をますます追い詰め恥を曝し名を汚すことにもなろう、などと様々な思いが錯綜し思い迷う。

過ぎにし人は、とてもかくてもさるべきにこそはものしたまひけめ、何にさることを、さださだとけざやかに見聞きけむとくやしきは、わが御心ながらなほえおぼしなほすまじきなめりかし。斎宮の御きよまはりもわづらはしくや、など、久しう思ひわづらひたまへど、わざとある御返りなくは情《なさけ》なくやとて、紫のにばめる紙に、こよなうほど経《へ》はべりにけるを、思ひたまへおこたらずながら、つつましきほどは、さらばおぼし知るらむやとてなむ。

とまる身も消えしもおなじ露の世に
　心置くらむほどぞはかなき

かつはおぼし消《け》ちてよかし。御覧ぜずもやとて、これにも。
と聞こえたまへり。

さらに源氏は考える。亡き北の方についてはは《とてもかくてもさるべきにこそはものしたまひけめ》と、あのように亡くなる定めを負った人だとあきらめもつく。しかし御息所は縁を切るわけにはいかない人である。だからこそ《何にさることを、さだざだとけざやかに見聞きけむ》と、その人の生霊をまざまざと見聞きしてしまったことが悔やまれてならないのだ。源氏を苦しめる生霊の像がいかになまなましいかということを、はっきりの意味を表す《さださだ》《けざやか》、《見聞き》などのことばが伝える。

御息所の名と共に浮かんでくるその像を源氏は頭から消し去ることができない。そうした源氏のつらい胸中を分け入って、語り手は《わが御心ながらなほえおぼしなほすまじきなめりかし》と分析する。源氏は生霊が引き起こす嫌悪感など、自分の気持ち次第でどうにでもなるはずだと思ったのに、実際にはどうしても変えられないものだと思い知ったようである。

源氏は《斎宮の御きよまはりもわづらはしくや》と、斎宮の潔斎中に手紙を出すのは憚られるなどと理由をつけて長い間、返信するのをためらっていたが、そのままにしておくのもまたそれで気にかかって落ち着かない。結局のところ《わざとある御返りなくは情なくや》と思って手紙を届けることにした。

わざわざ女のほうから寄越した手紙に、返事を出さないというのは不自然で自分でも許せない気がしたのである。女に対してはどんな場合でもきちんと向き合うのが源氏のやり方である。《情なくや》の「情なし」ということばは相手を理解しようとする気持ちがないことを示す。源氏は疑問の「や」を添えて嫌悪感を越え相手を理解し気持ちを尊重しようとする立場に立つ。

手紙は《紫のにばめる紙》——鈍色がかった紫色の紙を選んで書く。《こよなうほど経はべりにけるを、思ひたまへおこたらずながら、つつましきほどは、さらばおぼし知るらむやとてなむ》と、久しく無沙汰を重ねてしまったが御息所のことをおろそかに思っていたわけではないと一言を添える。《思ひたまへおこたらず》の「おもひおこたる」は粗略に考える意。《つつましきほど》は服喪中の源氏から潔斎中の邸に便りを届けるのは憚られる意。

そして《とまる身も消えしもおなじ露の世に心置くらむほどぞはかなき》《かつはおぼし消ちてよかし。御覧ぜずもやとて、これにも》と、源氏は歌と後書きに言いたいことのすべてを込める。《心置く》は執着する意。《おぼし消ちて》は「おもひ消つ」の敬語、しいて忘れるようにする意。この世に残る者も死んだ者と同じように、やがては露のようにはかなく消えて行く、この世の中で何かに執着して生きるのはつまらないことだ、あなたもわたしへの執着心など消すようにしたらどうか、と直言したのである。

里におはするほどなりければ、忍びて見たまひて、ほのめかしたまへるけしきを、心の鬼にしるく見たまひて、さればよとおぼすも、いといみじ。なほいと限りなき身の憂《う》さなりけり、かやうなる聞こえありて、院にもいかにおぼさむ、故前坊《せんばう》の、同じ

き御はらからといふなかにもいみじう思ひかはしきこえさせたまひて、この斎宮の御ことをも、ねむごろに聞こえつけさせたまひしかば、その御かはりにも、やがて見たてまつりあつかはむなど、常にのたまはせて、やがて内裏住《うちず》みしたまへと、たびたび聞こえさせたまひしをだに、いとあるまじきことと思ひ離れにしを、かく心よりほかに若々しきもの思ひをして、つひに憂き名をさへ流し果つべきことと、おぼし乱るるに、なほ例のさまにもおはせず。

源氏の返事を御息所は六条の自邸で受け取る。《忍びて見たまひて》と、久々の源氏からの返信に胸のときめきを覚えながら開く。だが突然冷や水をかけられ現実に引き戻される。ひたすら源氏の身を案じ悲しみの心を慰めたくて届けた弔問のことばを、源氏はそれとなく拒み、こちらの執着心をまず収めよと痛いところを突いてきたのだった。

御息所は《ほのめかしたまへるけしきを、心の鬼にしるく見たまひて》と、すべてを察する。「心置く」「おぼち消つ」などの源氏のことばが意味することを《心の鬼》がはっきり感じ取る。《心の鬼》は心の中にあって自分を責めとがめるものを言う。源氏は自分の生霊を見た上での思いの過ぎる自分を戒めているのだ。

《さればよとおぼすも、いといみじ》と、御息所は漠然と心を覆っていた不安が的中してたまらない気持ちに陥る。源氏と繫がっていたいという一縷の望みも打ち砕かれて悲しみが溢れ出るのをどうにもできない。源氏は自分を忌み嫌い遠ざけようとしている。生霊になるとは何と酷い身の定めなのか。生霊のことは自分の胸に納めて表に出さなければ済むことだと思い直していたのだが、やはり源氏は生霊を見てしまったのだ。源氏が見たとなればそのうちに表沙汰となろう。《聞こえ》――噂は桐壺院の耳にも届くだろう。

《院にもいかにおぼさむ》と、このようないやな噂を院はどのように受け止めるだろうか、それが気がかりである。院はいつも自分の身を心配してくれる大切な人なのだから。院は亡き夫と同腹の兄弟であり、他の兄弟たちの中でも《いみじう思ひかはしきこえさせたまひて》と、最も親密で気持ちの通じ合える間柄だった。夫は《この斎宮の御ことをも、ねむごろに聞こえつけさせたまひしかば》後に取り残される娘、斎宮のことを細かいことに至るまで院に頼んで亡くなった。夫の遺言通りに院は《その御かはりにも、やがて見たてまつりあつかはむなど、常にのたまはせて》亡き夫の代わりとなって今までと変わりなく斎宮の面倒を見ようといつも言ってくれた。

自分にも《やがて内裏住みしたまへと、たびたび聞こえさせたまひしをだに》と、このまま内裏に住むよう何度も誘ってくれた。しかし元皇太子妃として内裏に住み続け帝の愛情を受ける身となることなどどうしてできようか。《いとあるまじきことと思ひ離れにしを》と、そのようなけじめのないことなど許されるわけもなく問題にもしなかった。

帝の熱心な入内の誘いも断り、六条の実家へ下りそこでひっそりと未亡人の生活を送っていた。そんな時、《かく心よりほかに若々しきもの思ひをして》と、御息所を襲ったのが若い源氏の熱烈な求愛だった。初めは許されざるべきことと拒む一方だったが、やがて年の差など眼中になくなりまぶしいばかりの恋に落ちてしまった。《若々しき》は世間知らず、おとなげないの意。源氏の熱が冷めるに従い《もの思ひ》で身を焦がす時ばかりが増え、《つひに憂き名をさへ流し果つべきこと》——ついに浮き名が世間に流れその上に生霊の噂まで広まるとは情けない身の上となってしまったと、御息所は心中様々に思い乱れる。そんな時の御息所は、《なほ例のさまにもおはせず》と、神経が異様に高ぶって体調も普通でなくなるのだった。

さるは、おほかたの世につけて、心にくくよしある聞こえありて、昔より名高くものしたまへば、野の宮の御うつろひのほどにも、をかしう今めきたること多くしなして、殿上人《てんじやうびと》どものこのましきなどは、朝夕の露分けありくをそのころの役になむする、など聞きたまひても、大将の君は、ことわりぞかし、ゆゑは飽くまでつきたまへるものを、もし世の中に飽き果てて下りたまひなば、さうざうしくもあるべきかなと、さすがにおぼされけり。

こうして源氏とのことでは修復しようもなくこじれたままなのだが、それ以外の暮らしぶりに関しては申し分なく、《心にくくよしある聞こえありて、昔より名高くものしたまへば》と、御息所と言えば昔から奥ゆかしく教養の高い人として名の通った人でもあったのである。

斎宮が初齋院での潔斎を終え共に野の宮に移った時も御息所は、《をかしう今めきたること》を考え出し様々に趣向を凝らした催しを披露したりして、心ある人々を引きつけていた。御息所が醸し出す《心にくくよしある》雰囲気を、愛で楽しみたい殿上人たちは、《朝夕の露分けありくをそのころの役になむする》と、朝に夕に嵯峨野の露を踏み分けて野の宮に通うのを日課にしているというほどであった。

源氏はこのような噂を耳にするにつけても、《ことわりぞかし、ゆゑは飽くまでつきたまへるものを、もし世の中に飽き果てて下りたまひなば、さうざうしくもあるべきかな》と改めて御息所の存在感に気づかされる。源氏は御息所ほど深く洗練された「ゆゑ」「よし」をたしなむ人はいないと常々思っている。《ゆゑは飽くまでつきたまへる》の《飽くまで》が身についた教養、とぎすまされた感性などが滲み出て人々を惹き付けるといった御息所の魅力を伝える。

御息所がもし自分とのことに見切りをつけ伊勢に下ってしまったとしたならば、美意識を共に賞で合える貴重な相手を失うことになって、どんなにか寂しい思いをするだろうか。《さすがにおぼされけり》の《さすがに》が御息所のもつ優れた感性に思いを馳せる源氏の気持ちを微妙に伝える。

貴公子ふたり

御法事など過ぎぬれど、正日《しやうにち》まではなほこもりおはす。ならはぬ御つれづれを心苦しがりたまひて、三位《さんみ》の中将は常に参りたまひつつ、世の中の御物語など、まめやかなるも、また例のみだりがはしきことをも聞こえいでつつなぐさめきこえたまふに、かの内侍《ないし》ぞ、うち笑ひたまふくさはひにはなるめる。大将の君は、「あないとほしや、祖母殿《おばおとど》の上ないたう軽《かろ》めたまひそ」といさめたまふものから、常にをかしとおぼしたり。かの十六夜《いさよひ》のさやかならざりし秋のことなど、さらぬも、さまざまの好事《すきごと》どもを、かたみに隈《くま》なく言ひあらはしたまふ果て果ては、あはれなる世を言ひ言ひてうち泣きなどもしたまひけり。

七日ごとに行う法要は終わっているものの、源氏は四十九日を迎えるまでは左大臣邸に籠もるつもりでいる。左大臣邸には無聊《ぶりょう》をかこつ源氏を慰めにいつも部屋を訪れる人物がいた。三位の中将、亡き妻と同腹の兄で、もと頭中将と呼ばれていた人である。

二人の間で《世の中の御物語など、まめやかなるも、また例のみだりがはしきことをも聞こえいでつつ》話が尽きることはない。まじめな世間話から始まって、いつものように浮気相手の女の話まで延々しゃべり続け、源氏はその軽妙な語りに心が和む。

最近の二人がからんだ女の話で《かの内侍ぞ、うち笑ひたまふくさはひにはなるめる》と、格好な話題を提供してくれるのは何と言っても源内侍である。《くさはひ》は種、材料のこと。中将がおかしさをこらえながら話し始めると、それを受けて源氏も《あないとほしや、祖母殿上ないたう軽めたまひそ》と諌めはするものの、内心ではいつも面白がっている。《祖母殿の上》は内侍のこと。《な…そ》は禁止の意。《ないたう軽めたまひそ》でばかにするなの意。その他では十六夜の月ではっきりとは見えなかった秋のことなどが話題となる。

そのようにして二人は《さまざまの好事どもを、かたみに隈なく言ひあらはしたまふ果て果ては、あはれなる世を言ひ言ひてうち泣きなどもしたまひけり》と、睦れ合うようにいつまでも一緒の時を過ごす。二人は互いに数々の浮気沙汰の一部始終を告白させられる羽目になったり、果ては人の世の無常をくどくど嘆じては涙ぐんだりして、かつての青春の交歓にも似た時間の中に思い切り浸るのだった。

時雨《しぐれ》うちして、ものあはれなる暮《くれ》つかた、中将の君、鈍色《にびいろ》の直衣《なほし》、指貫《さしぬき》、うすらかに衣《ころも》がへして、いとをしうあざやかに、心はづかしきさまして参りたまへり。君は、西のつまの高欄《かうらん》におしかかりて、霜枯れの前栽《せんざい》見たまふほどなりけり。風荒らかに吹き、時雨《しぐれ》さとしたるほど、涙もあらそふここちして、「雨となり雲とやなりにけむ、今は知らず」とうちひとりごちて、頰杖《つらづゑ》つきたまへる御さま、女にては、見捨てなくならむ魂《たましひ》かならずとまりなむかしと、色めかしきここちに、うちまもられつつ、近うついゐたまへれば、しどけなくうち乱れたまへるさまながら、紐《ひも》ばかりをさしなほしたまふ。これは、今すこしこまやかなる夏の御直衣《なほし》に、紅《くれなゐ》のつややかなるひきかさねてやつれたまへるしも、見ても飽かぬここちぞする。中将も、いとあはれなるまみにながめたまへり。

初冬を思わせる時雨がさっと通り過ぎ、もの寂しさの迫る暮れ方、中将は《鈍色の直衣、指貫、うすらかに衣がへして、いとをしうあざやかに、心はづかしきさまして》源氏の元に現れる。《ををしう》は男らしい意。三ヶ月の喪がまだ明けていないので身につけているのは鈍色の喪服だが、衣がえの時節を意識して直衣指貫を《うすらか》な鈍色に変えている。《うすらか》ということばの柔らかい響きが喪服にどことない華やかさを添え、中将は《いとをしうあざやかに》と別人のようにしまって見える。こちらが引いてしまうほど貫禄あるいでたちである。

源氏は西側の妻戸の前の《高欄》——欄干によりかかって《霜枯れの前栽》をじっと眺めていた。庭の木草も季節の移ろいは避けられない、霜枯れの木草も妻が生きている時は秋の盛りの花を咲かせていた。そう思うと世の無常が身に沁みてわけもなく悲しい。風が《荒らかに》吹き、《時雨さとしたるほど、涙もあらそふここちして》悲しみをこらえる。源氏の心は極度に感じ易くなっている。

亡き妻の魂はいずこに行ってしまったのか。《「*雨となり雲とやなりにけむ、今は知らず」》と源氏はひとりつぶやいて、頬杖をついたまま思いに耽る。三位中将はそのもの憂《うれ》わしげなたたずまいがあまりに美しくて声がかけられない。

《*女にては、見捨ててならむ魂かならずとまりなむかしと、色めかしきここちに》——自分が仮に女でこの人を残して逝かねばならなくなった時も、魂はこの人の側を離れたくないに違いないと思うと、胸がざわつくのを覚える。中将は源氏の姿をほれぼれと見つめながら、側近くに寄って座る。源氏は中将が傍らに寄ると《しどけなくうち乱れるさまながら》衣服は変えず、《紐ばかりをさしなほしたまふ》と、はずしていた直衣の紐を入れ直してせめて襟元を整える。

間近に映る源氏の姿は《今すこしこまやかなる夏の御直衣に、紅のつややかなるひきかさねてやつれたまへるしも、見ても飽かぬここちぞする》と、どこまでも美しい。衣更えなのにまだ元の色の喪服を着ており、中将より鈍色の濃い夏用の直衣の下に紅色の《つややかなる》下襲を重ねている。源氏にしては地味な色目がかえって渋さの魅力を放ち、いかにも優美な様を漂わせている。源氏と並んで中将は《いとあはれなる》眼差しで空のかなたを眺め、先ほど源氏がつぶやいていた詩句を受けて歌を詠む。

＊劉寓錫《りゅううせき》（九世紀の唐の詩人）の亡き妻を悼む詩「有所嗟」の「日には朝雲となり、暮には行雲となる」による。

＊前出劉寓錫《りゅううせき》の詩「女郎の魂は暮雲を遂うて帰る」を踏まえる。

「雨となりしぐるる空の浮雲《うきくも》を
いづれのかたとわきてながめむ

行方《ゆくへ》なしや」と、ひとり言《ごと》のやうなるを、

見し人の雨となりにし雲居さへ

いとど時雨にかきくらすころ

とのたまふ御けしきも、浅からぬほどしるく見ゆれば、あやしう、年ごろはいとしもあらぬ御心ざしを、院など居立ちてのたまはせ、大臣《おとど》の御もてなしも心苦しう、大宮の御かたざまに、もて離るまじきなど、かたがたにさしあひたれば、えしもふり捨てたまはで、もの憂《う》げなる御けしきながらありへたまふなめりかしと、いとほしう見ゆるをりをりありつるを、まことにやむごとなく重きかたは、ことに思ひきこえたまひけるなめりと見知るに、いよいよくちをしうおぼゆ。よろづにつけて光失《う》せぬるここちして、屈《くん》じいたかりけり。

《「雨となりしぐるる空の浮雲をいづれのかたとわきてながめむ　行方なしや」》――亡き妹*の煙は空の浮雲になって漂っているのだろうが、どれが妹の雲か見分けもつかない、行方しれずになってしまったとひとりごつ。源氏は《見し人の雨となりにし雲居さへいとど時雨にかきくらすころ》と返す歌で、亡き妻の雲が雨となった空も今は時雨で一層悲しみを誘うとつぶやく。その様子には亡き妹を慕う源氏の気持ちの程がはっきり見て取れる。

源氏は親しい友だが妹の婿でもある。二人の夫婦関係のことは傍で見てきてある程度わかっているつもりだった。しかし、これほどまで悲嘆にくれ追慕の情を露わに示す源氏を中将は《あやしう》と、想像もできなかった。《あやしう》（「あやし」）は自分には理解しにくい時に使うことば。これまでの源氏を見る限り《年ごろはいとしもあらぬ御心ざしを》と、亡き妹に対してそんなに深い愛情を抱いていたとは到底思えない。夫婦のことは他人には計り知れないとつくづく思う。

源氏が北の方をないがしろにして通いも途絶えがちであるらしいと聞くや院は、《居立ちてのたまはせ》と放っておかなかったし、《大臣の御もてなしも心苦しう》と、父左大臣の過剰なまでの気遣いも痛々しかった。「居立つ」はじっとしていられず源氏を諫める様。源氏は《大宮の御かたざまに、もて離るまじきなど、かたがたにさしあひたれば》と、妹と険悪な仲になっても母大宮の血筋（桐壺院の妹で源氏の叔母に当たる）を考えると、気が咎めて左大臣家を離れるわけにはいかなかったのだろう。「さしあふ」はさしつかえる意。

中将は源氏たちの夫婦関係を、《もの憂げなる御けしきながらありへたまふなめりかし》と思っていた。「ありふ」は生きて月日を送ること。源氏は夫婦仲がしっくりいってないからと言って、通わなくなるのもあちこち角が立つし、気はすすまないながらもあえて見捨てることなく夫婦の形を保っていこうと思っていたのだろう。

そうやって耐えている源氏には《いとほしう見ゆるをりをりありつるを》と密かに同情もし

ていたのだが、本当のところは《やむごとなく重きかたは、ことに思ひきこえたまひけるなめり》——亡き妹を格式高い家柄の大切な妻として、他の女たちとは違う特別な思いで見てくれていたということが今、わかる。あれでも亡き妹は源氏の心の支えになっていたのだと思う。《いよいよくちをしうおぼゆ》と中将は妹の死が残念でたまらない。亡くなって初めて妹の存在の大きさを知らされたような気がする。《よろづにつけて光失せぬるここちして、屈じいたかりけり》と、妹によって保たれていた源氏との強いつながりも絶たれ光が失せた気がして意気消沈するのだった。「屈ず」は気が塞ぐこと。

＊（宋玉の「高唐賦」には神女は朝には雲となり、夕には雨となって暮暮陽台のもとにおります）と言ったが亡き妹は行方しれずになってしまった。

枯れたる下草のなかに、龍胆《りんだう》、撫子《なでしこ》などの、咲き出でたるを折らせたまひて、中将の立ちたまひぬるのちに、若君の御乳母《めのと》の宰相の君して、

「草枯れのまがきに残るなでしこを
**　別れし秋のかたみとぞ見る**

にほひ劣りてや御覧ぜらるらむ」と聞こえたまへり。げに何心なき御笑顔《ゑみがほ》ぞ、いみじ

うつくしき。宮は、吹く風につけてだに、木の葉よりけにもろき御涙は、ましてとりあへたまはず。

今も見てなかなか袖を朽《くた》すかな
垣ほ荒れにしやまとなでしこ

源氏は庭の植え込みの《枯れたる下草のなかに》《龍胆、撫子などの、咲き出でたるを》見つけそれらを折らせる。三位中将が立ち去った後、大宮の元へ、若君の乳母である宰相の君に託して折らせた花々と共に手紙を届ける。手紙の中の歌は《草枯れのまがきに残るなでしこを別れし秋のかたみとぞ見る》とあって、《なでしこ》を遺児若君、《秋》は亡き妻をなぞらえている。母を失って一人残された若君の寂しさを、上の句の初冬の情景がさりげなく伝える。

後書きで《にほひ劣りてや御覧ぜらるらむ》——美しさは亡き母より劣っていると見るのだろうか、と問いかけ、娘を失った悲しみにしがみついたままの大宮を案じる。《にほひ》はつややかな美しさ。《げに何心なき御笑顔ぞ、いみじううつくしき》と、無心な笑顔がかわいらしい若君を見れば心は慰められると励ます。源氏は若君に関心を向けることで気持ちを持ち直してほしいと願う。

しかし、宮は《吹く風につけてだに、木の葉よりけにもろき御涙は、ましてとりあへたまはず》と、日夜涙にくれるばかりである。季節の移ろいを知らせる風にさえ涙し、その風に散る木の葉よりももっと感じやすくて外界のどんな動きにも涙なしではいられない。まして源氏の手紙など手に取ることもできない。《けに》は一層まさっての意。「とりあふ」は取ることができる意。

かろうじて宮が返した歌は《今も見てなかなか袖を朽すかな垣ほ荒れにしやまとなでしこ*》——母を亡くした若君を見てもかえって涙が止めどなく溢れ袖も朽ちてしまいそうだと、娘を失った母の思い乱れる心を突きつけるばかりだった。

＊「あな恋し今も見てしが山がつの垣ほに咲けるやまとなでしこ」（古今集）

朝顔の宮と

なほいみじうつれづれなれば、朝顔の宮に、今日のあはれはさりとも見知りたまふらむとおしはからるる御心ばへなれば、暗きほどなれど聞こえたまふ。絶え間遠けれど、さのものとなりにたる御文なれば、咎《とが》なくて御覧ぜさす。空の色したる唐《から》の紙に、

わきてこの暮《くれ》こそ袖は露けけれ
　もの思ふ秋はあまたへぬれど

いつも時雨は。

とあり。御手などの心とどめて書きたまへる、常よりも見どころありて、過ぐしがたきほどなり、と人々も聞こえ、みづからもおぼされければ、

大内山を思ひやりきこえながら、えやは。

とて、

秋霧に立ちおくれぬと聞きしより
　しぐるる空もいかがとぞ思ふ

とのみ、ほのかなる墨つきにて、思ひなし心にくし。

左大臣邸に籠もり続ける源氏は三位の中将と思いのたけを語り合い、母大宮に慰めの手紙を送ったりして時をやり過ごす。だが、《なほいみじうつれづれなれば》の《なほ》が語るようにあり余る所在ない時は源氏を責め立てる。

左大臣邸の人々との交流だけでは心が満たされず、言いようのない寂しさが源氏の心を覆う。

このやるせない気持ちをわかってくれそうな人とことばを交わしたい、心の一端を吐き出したいと痛切に思う。思い巡らしてふと浮かぶのは朝顔の宮である。朝顔の宮の《御心ばへ》ならば、《今日のあはれはさりとも見知りたまふらむ》と推し量る。朝顔の宮はきっと《今日のあはれ》を受け止めてくれると、音信は途切れていてもなぜかそう信じられるものがある。《今日のあはれ》は時雨の降る夕暮れ時の寂しさを指す。

そう思うと源氏はすばやく行動に移す。《暗きほどなれど聞こえたまふ》と、すでに夕闇が迫っており、こんな時刻に手紙を送るのは礼を欠くかもしれないと思いつつ、源氏はさきほどしみじみと心を動かした時雨の風情を歌に込める。

二人の間の手紙のやりとりは《絶え間遠けれど、さのものとなりにたる御文なれば》と、忘れたころ時節のあいさつを交わす程度になっている。この度も懸想の手紙ではなくそうした類の手紙として受け取られたので、《咎なくて御覧ぜさす》と宮の女房たちは気にも留めずに宮に見せる。

源氏の文は《空の色したる唐の紙に》書かれていた。今日の空の色だった薄墨色の唐の紙である。唐の紙は胡粉がぬりつぶされ雲母で文様を摺り出した美しい紙。朝顔の宮に向けてあえてそのような上質な紙を用いた源氏の心遣いが伺える。

歌は《わきてこの暮れこそ袖は露けけれもの思ふ秋はあまたへぬれど　いつも時雨は》とある。《もの思ふ秋はあまたへぬれど》《いつも時雨は》と、季節も情景もありふれていることを強調しつつ、今日の夕暮れのもの悲しさはひとしおだったが、この思いは伝わっただろうかと訴えていた。

源氏の手紙を見慣れている女房たちも、今日の筆跡にはいつもと違うものを感じ取り、《心とどめて書きたまへる、常よりも見どころありて、過ぐしがたき》と、宮に進言する。源氏は今日の手紙は特に心を込めて書いており、見ごたえがある、こんな手紙には返事をしなくてはと宮を促す。宮自身も頷けることなので早速返事をしたためる。

《大内山を思ひやりきこえながら、えやは》とある前書きに弔問のあいさつを込める。《大内山》は源氏の籠もっている所を指す。《えやは》は反語、服喪のことを案じつつもこちらから便りはとてもできなかったの意。歌は《秋霧に立ちおくれぬと聞きしよりしぐるる空もいかがとぞ思ふ》と、源氏の気持ちにしかと寄り添って詠まれていた。《秋霧》は北の方逝去の季節を示す。《立ちおくれ》は先立たれる意で「立ち」に「霧が立つ」意を掛ける。《秋霧》《しぐるる空》など季節を意識させることばが、しっとりとした雰囲気を醸し、この歌に触れるだけで心癒されるものがあったに違いない。宮の手の《ほのかなる墨つき》も寂しさを募らせていた源氏の心を優しく包み込み、《思ひなし心にくし》と、宮の手だからと思って見るからか、一層深みのある字に思えてきて心が和んだのである。


何ごとにつけても、見まさりはかたき世なめるを、つらき人しもこそと、あはれ

におぼえたまふ人の御心ざまなる。つれなながら、さるべきをりをりのあはれを過ぐしたまはぬ、これこそかたみに情《なさけ》も見果つべきわざなれ、なほゆゑづきよし過ぎて、人目に見ゆばかりなるは、あまりの難《なん》も出で来けり。対の姫君を、さは生《お》ほし立てじとおぼす。つれづれにて恋しと思ふらむかしと、忘るるをりなけれど、ただ女親《めおや》なき子を置きたらむここちして、見ぬほど、うしろめたく、いかが思ふらむとおぼえぬぞ、心やすきわざなりける。

源氏は《何ごとにつけても、見まさりはかたき世なめるを、つらき人しもこそと、あはれにおぼえたまふ人の御心ざまなる》と思う。《見まさり》は予想よりも優れて見えること。予想はたいていの場合、実際の姿に裏切られる、と言った一般論を前提に朝顔の宮の魅力に言及する。源氏は朝顔の宮という人はそうした一般論は当てはまらず、実際は想像以上の心深い人だと感じ入る。

朝顔の宮は源氏にはとても冷たい。長い付き合いはあっても、決して打ちとけてはくれないし、近頃は手紙を出してもろくに返事がない。《しも》《こそ》の強調のことばが伝えるように、源氏という人は情を見せない人には《あはれ》を感じ慕わしい気持ちを募らせてしまう傾向があると語り手は説く。朝顔の宮は普段は態度には見せないが《さるべきをりをりのあはれを過ぐしたまはぬ》いざという時、こちらで感じてほしいと思う《あはれ》は見過ごすことなく受け止めてくれる人である。

《これこそかたみに情も見果つべきわざなれ》と、源氏は宮の思いは度外視して朝顔の宮との間柄を理想化する。こういう間柄だからこそ、生涯にわたって互いに心を交わしあえることができる気がする。源氏は朝顔の宮と同じように洗練された美意識、磨きぬかれた感性をもっている御息所を《なほ》と、思い浮かべるのだ。

あの人は《ゆゑづきよし過ぎて》と、それがつい溢れ出てしまう人なのだ。自分にとってほどよい朝顔の宮と比べるとわかる。《人目に見ゆばかりなるは、あまりの難も出で来けり》――教養の深さも趣深さも人目にそれとわかるのは度が過ぎるということで欠点になってしまうと源氏は御息所にきびしい目を向ける。

御息所の《過ぎ》たる心のありようは源氏には重すぎて受け止めきれない。心を尽くすことに徹するゆえの御息所の重さを、源氏は非難の対象にして《対の姫》に逃げる。まだ大人の女になっていない《対の姫君》こそ自分にとって大切な人だ、《さは生ほし立てじ》と強く思う。御息所のような女ではなく、どんな時も心を通わせられる女に育てたいものだと決意を新たにする。

《対の姫君》はどうしているだろう。《つれづれにて恋しと思ふらむかし》と、幼い姫君は源氏の長い不在をどのように耐えているのだろうか、源氏を恋いしがっているのではないかと思うと胸が締め付けられるのだった。

《対の姫君》のことは一時も忘れられない。《女親なき子》を実家に残したまま外出しているようものなので常に気がかりでならないのだが、一方では《見ぬほど、うしろめたく、いかが思ふらむとおぼえぬぞ》と、気楽ではあるのだ。二条の院を留守にしている間、嫉妬を募らせているのではないか、どう機嫌をとったらいいのかなどと煩わしいことに気を回さなくていいからである。

別れ・仕える人々

暮れ果てぬれば、御殿油《となぶら》近く参らせたまひて、さるべき限りの人人、御前《おまへ》にて物語などせさせたまふ。中納言の君といふは、年ごろ忍びおぼししかど、この御思ひのほどは、なかなかさやうなる筋にもかけたまはず。あはれなる御心かなと見たてまつる。おほかたにはなつかしううちかたらひたまひて、「かう、この日ごろ、ありしよりけに、誰も誰もまぎるるかたなく見なれ見なれて、えしも常にかからずは、恋しからじや。いみじきことをばさるものにて、ただうち思ひめぐらすこそ、たへがたきこと多かりけれ」とのたまへば、いとどみな泣きて、「いふかひなき御ことは、ただかきくらすここちしはべるはさるものにて、名残《なごり》なきさまにあくがれ果てさせたまはむほど、思ひたまふるこそ」と聞こえもやらず。あはれと見わたしたまひて、「名残なくは、いかがは。心浅くも取りなしたまふかな。心長き人だにあらば、見果てたまひなむものを。命こそはかなけれ」とて、燈《ひ》をうちながめたまへるまみの、うち濡れたまへるほどぞめでたき。

日もすっかり暮れ、あたりは闇に包まれる。源氏は近くに灯火を持ってこさせ、《さるべき限りの人人》――気持ちの通じ合う女房たちだけを何人か呼んでしみじみと語らう。その中のひとり、中納言の君という人は《年ごろ忍びおぼししかど》と、長い間、源氏と密かに心を通わせてきた女房である。が、亡き北の方の喪中の間、《なかなかさやうなる筋にもかけたまはず》と、源氏は邸に籠もり中納言の君と逢う機会はいくらもあったのに、逢瀬をもって気を紛らわそうなどとは思いも寄らなかった。源氏の心は亡き妻を悼む気持ちで占められていた。

中納言の君はそんな亡き主人を一途に思ってくれる源氏を、《あはれなる御心かな》と感じ入って見る。今は《おほかたには》と主従の間柄でしかないが、それでも《なつかしううちかたらひたまひて》と、源氏の方から心を開いて打ちとけてくれる。

源氏は《「かう、この日ごろ、ありしよりけに、誰も誰もまぎるるかたなく見なれ見なれて、えしも常にかからずは、恋しからじや。いみじきことをばさるものにて、ただうち思ひめぐらすこそ、たへがたきこと多かりけれ」》——喪中の間、昼も夜もここに籠もって一人一人とすっかり親しくなったのに、離れたらどんなに恋しがることかとたまらない気持ちになると、近々訪れる別れを意識して心を込めて語りかける。《見なれ見なれて》《恋しからじや》は、「見なれ木のみなれそなれて離れなば恋しからむや恋しからじや」という歌のことばと重ねられ、女房たちへの思いを一層ふくらます。源氏のことばは悲しみをこらえていた女房たちの気持ちを刺激して、皆堰を切ったように泣き出すのだった。

婿は四十九日を過ぎれば通い先である亡妻の実家を去らねばならない。いつかこういう時を迎えなくてはならないと、源氏との別れを胸にたたんで覚悟してきたのは女房たちの方である。女房たちは主人を失ったことで、《ただかきくらすここちしはべる》——いつも心晴れやらぬ気持ちでいるのは仕方のないことと思っている。だが、あきらめがつかないのは源氏のこと、《名残なきさまにあくがれ果てさせたまはむほど、思ひたまふるこそ》と、言い終わらないうちに涙にくれる。《名残なきさま》は跡形もなくの意。《あくがれ果て》は離れ去ったままになること。源氏が四十九日を迎えたらこの邸を後にして自分たちの手の届かない所に行ってしまう、この邸に二度と戻ってはこないだろう、そんな日が迫っているかと思うと女房たちは悲しみがこみ上げてどうにもならない。

源氏は泣き沈む女房たちを《あはれ》と見渡しながら《「名残なくは、いかがは。心浅くも取りなしたまふかな。心長き人だにあらば、見果てたまひなむものを。命こそはかなけれ」》と、強い調子で反駁する。《いかがは》は反語で、見捨てるわけがない意。《あくがれ果て》とは、私の心も《心浅く》――軽くあしらわれたものだ。もっと気長に見ていてほしい、と慰めつつしんみりとする。

女房たちは《燈をうちながめたまへるまみの、うち濡れたまへるほどぞめでたき》と、胸をときめかせながら、源氏に熱いまなざしを注ぐ。燈火をじっと眺めやっている源氏の目元が涙に濡れてはっとするほど美しい。


とりわきてらうたくしたまひし小さき童《わらは》の、親どももなく、いと心細げに思へる、ことわりに見たまひて、「あてきは、今はわれをこそは思ふべき人なめれ」とのたまへば、いみじう泣く。ほどなき衵《あこめ》、人よりは黒う染めて、黒き汗衫《かざみ》、萱草《くわんざう》の袴《はかま》など着たるも、をかしき姿なり。「昔を忘れざらむ人は、つれづれを忍びても、をさなき人を見捨てず、ものしたまへ。見し世の名残なく、人々さへかれなば、たつきなさもまさりぬべくなむ」など、みな心長かるべきことどもをのたまへど、いでや、いとど待遠《まちどほ》にぞなりたまはむと思ふに、いとど心細し。大殿《おほいとの》は、人々に、際々《きはぎは》、ほど置きつつ、はかなきもてあそびものども、また、まことにかの御形見なるべきものなど、わざとならぬさまに取りなしつつ、皆くばらせたまひけり。

女房たちの中に、亡き北の方が特別に目をかけて仕えさせていた女童がいた。両親がいない上に今また主人に死に別れ、さぞ心細い思いをしているだろうと同情して、《「あてきは、今はわれをこそは思ふべき人なめれ」》とその子に声をかける。《あてき》は女童の名。これからは源氏を頼りにせよという優しい申し出に女童はわっと泣き出す。

女童は《ほどなき衵、人よりは黒う染めて、黒き汗衫、萱草の袴など》を着てかわいらしい姿である。《衵》は肌近くに着る小さめの服。《汗衫》は正装用の上着。《萱草の袴》の《萱草》は喪服に用いる色で、黄赤色に染めた袴。幼い子が人よりは濃い色の喪服で身を固め、主人から受けた恩を忘れまいとしている様がいじらしい。源氏はその子の心根をうれしく思う。《「昔を忘れざらむ人は、つれづれを忍びても、をさなき人を見捨てず、ものしたまへ。見し世の名残なく、人々さへかれなば、たつきなさもまさりぬべくなむ」》——故人を思ってくれるなら辛抱でも若君のためここに居残ってはくれまいか、皆いなくなって何もかも変わってしまったらますます訪れにくくなる。だから皆末長く仕えてほしいと懇願する。《かれなば》は離れて行ったら。《たつき》は手がかり。

が、語り手は、熱く語る源氏に対して《いでや、いとど待遠にぞなりたまはむと思ふに、いとど心細し》と水を差す。訪れはこれまで以上に間遠になり女房たちの不安は募るばかりだろうと源氏の甘い考えを突く。

大殿は《際々、ほど置きつつ、はかなきもてあそびものども、また、まことにかの御形見なるべきものなど、わざとならぬさまに取りなしつつ》女房たちに形見分けの品々を配る。大殿もここにいる女房たちには居残ってもらいたい、そんな気持ちを込めて《わざとならぬさまに》表立って形見分けとはせず日ごろの忠勤をねぎらう格好で、北の方が生前使っていたものや遊びの道具、調度品などを分け与えた。女房たちが納得するように《際々》——身分に応じ、《ほど置きつつ》——差をつけながらと十分に気を遣ったのである。

別れ・大宮と左大臣

君は、かくてのみもいかでかはつくづくと過ぐしたまはむとて、院へ参りたまふ。

御車さし出でて、御前《ごぜん》など参り集るほど、をり知り顔なる時雨《しぐれ》うちそそきて、木の葉さそふ風、あわたたしう吹きはらひたるに、御前《おまへ》にさぶらふ人々、ものいと心細くて、すこし隙《ひま》ありつる袖ども湿《うる》ひわたりぬ。夜《よ》さりは、やがて二条の院にとまりたまふべしとて、侍《さぶら》ひの人々も、かしこにて待ちきこえむとなるべし、おのおの立ち出づるに、今日にしもとぢむまじきことなれど、またなくもの悲し。大臣《おとど》も宮も、今日のけしきに、また悲しさあらためておぼさる。宮の御前《おまへ》に御消息《せうそこ》聞こえたまへり。

院におぼつかながりのたまはするにより、今日なむ参りはべる。あからさまに立ち出ではべるにつけても、今日までながらへはべりにけるよと、みだりごこちのみ動きてなむ、聞こえさせむもなかなかにはべるべければ、そなたにも参りはべらぬ。

とあれば、いとどしく、宮は目も見えたまはずしづみ入りて、御返りも聞こえたまはず。大臣《おとど》ぞ、やがてわたりたまへる。いと堪へがたげにおぼして、御袖も引き放ちたまはず。見たてまつる人々もいと悲し。

四十九日が過ぎ形見分けも済ませ、源氏は左大臣家を立ち去るばかりの身となる。しかし源氏と縁が切れる左大臣家の人々の切ない気持ちがひしと伝わるので出て行きかねていた。が、いよいよ腰を上げなくてはと思い決める。《かくてのみもいかでかはつくづくと過ぐしたまはむ》と気持ちを切り換える。《かくてのみ》はこうしてばかりの意。《つくづく》はぼんやりとの意。《かは》の反語のことばがここで沈み込んでもいられないという強い気持ちを表す。

桐壺院へ参上するための外出ならば名目が立つ。院へは真っ先に顔を出さなくてはと思っていたので早速出発の準備を始める。車を引き出させると、様子を窺っていた前駆の者たちが駆けつける。と、ちょうどその時に合わせたかのように空の様子が一変する。《をり知り顔なる時雨うちそそきて、木の葉さそふ風、あわたたしう吹きはらひたるに》と、雨風も別れを悲しんでいるかのようである。

源氏の側近くに控える女房たちはその時を気づかされ、悲しみに打ちひしがれる。もう期待に胸をふくらませながら男君を待つこともなくなるのだと思うと、《すこし隙ありつる袖ども湿ひわたりぬ》——少しは乾く間もあった女房たちの袖はいつまでも濡れそぼるのだった。

侍所で待機していた源氏の供人たちも、今日が左大臣家を去る日で今夜はここには戻らないことを察知する。《夜さりは、やがて二条の院にとまりたまふべし》と主人の動向を読み、《かしこにて待ちきこえむとなるべし》と判断する。そして一人二人と左大臣家をあとにして二条の院へと向かう。

《今日にしもとぢむまじきことなれど、またなくもの悲し》——若君はここで生い立つことだし源氏が今日を限りに来なくなることはないはずなのに、人々は供人たちの立ち去る様子に言いようのない悲しみを募らせる。

大臣も大宮も邸を覆う沈痛な空気に、恐れていた日が今日であることを感じ取り、悲しみを新たにする。源氏は大宮の気持ちを刺激すまいと直接には挨拶に行かず手紙だけを届ける。《院におぼつかながりのたまはするにより、今日なむ参りはべる》と、院からこの身を案じているとの仰せがあり、これから参上すると普段通りの挨拶をしたのち《あからさまに立ち出ではべるにつけても》《みだりごこちのみ動きてなむ、聞こえさせむもなかなかにはべるべければ》と、わずかの間の外出なのに心が乱れ挨拶も充分にできない有様だから、失礼すると丁寧な言い回しで大宮の動揺を気遣う。

源氏の手紙で今日の別れを悟ると大宮は《いとどしく、宮は目も見えたまはずしづみ入りて、御返りも聞こえたまはず》と、涙がどっと溢れて何も見えなくなる。返事を書くのも忘れて茫然としたまま身じろぎもしない。

大臣は出立を知るやすぐさまこちらに渡って来る。今日を限りに婿としての源氏を邸に迎えることができないのだと思うと後から後から込み上げる涙に、《いと堪へがたげにおぼして、御袖も引き放ちたまはず》と、袖で顔を覆ったままである。仕える女房たちも悲しくてならない。

大将の君は、世をおぼし続くることいとさまざまにて、泣きたまふさま、あはれに心深きものから、いとさまよくなまめきたまへり。大臣《おとど》、久しうためらひたまひて、「齢《よはひ》のつもりにはさしもあるまじきことにつけてだに、涙もろなるわざにはべるを、まして、干《ひ》る世なう思ひたまへまどはれはべる心を、えのどめはべらねば、人目も、いとみだりがはしく、心弱きさまにはべるべければ、院などにもえ参りはべらぬなり。ことのついでには、さやうにおもむけ奏せさせたまへ。いくばくもはべるまじき老《お》いの末に、うち捨てられたるが、つらうもはべるかな」と、せめて思ひ静めてのたまふけしき、いとわりなし。君も、たびたび鼻うちかみて、「後《おく》れ先立つほどの定めなさは、世のさがと見たまへ知りながら、さしあたりておぼえはべる心まどひは、類《たぐ》ひあるまじきわざになむ。院にも、ありさま奏しはべらむに、おしはからせたまひてむ」と聞こえたまふ。「さらば、時雨も隙《ひま》なくはべるめるを、暮れぬほどに」と、そそのかしきこえたまふ。

《大将の君》――源氏も《世をおぼし続くることいとさまざまにて》と、婿として通った間の様々な出来事に思いを致すが、悲しみが先立って涙なしではいられない。《世》は人の世のこと。源氏が深い悲しみに堪えながら、取り乱しもせず泣く姿があまりに美しかったので、《あはれに心深きものから、いとさまよくなまめきたまへり》と、人々は皆うっとりする。大臣もしばらくの間むせび泣いていたが、やっと心を収め別れのことばを述べる。ささいなことにも《涙もろなる》この歳になって急に娘に死に別れるとは、《干る世なう思ひたまへまどはれはべる心を、えのどめはべらねば、人目も、いとみだりがはしく、心弱きさまにはべるべければ》院には参上できないこのありさまを伝えてほしいと言う。《干る》はかわく、《干る世なく》で涙がかわく間もなく意。《のどめ》(「のどむ」)は落ち着かせる意。《みだりがはし》は取り乱して不作法なこと。

《いくばくもはべるまじき老いの末に、うち捨てられたるが、つらうもはべるかな》と、なお詮ない嘆きのことばを重ねる。《うち捨てられたるが》というさりげないことばが、痛々しく左大臣の悲しみをえぐる。《せめて思ひ静めてのたまふけしき、いとわりなし》と、乱れがちな心を無理に抑えて語る様子に切なさが滲む。

左大臣の悲痛な心情に打たれ、源氏は止めどなく流れる涙を抑えることができない。《たびたび鼻うちかみて》と、取り乱しそうな自分を取り繕う姿が描かれる。そして左大臣を励ますように、死に別れは《世のさが》と言うべきものでどうしようもないことと説きつつ、《さしあたりておぼえはべる心まどひは、類ひあるまじきわざになむ》と、実際に経験して感じた《心まどひ》は、筆舌に尽くしがたいものだったと語って左大臣の気持ちに寄り添う。左大臣の今の有様を伝えれば院も納得がいくであろうと慰めのことばを付け加える。

左大臣は悲しみを抑えられない自分のことを気に掛けて、源氏がなかなか出て行かれないのを察して《「さらば、時雨も隙なくはべるめるを、暮れぬほどに」》と、時雨の降り止まぬ空模様を口実に出立を促す。

別れ・女房三十人

うち見まはしたまふに、御几帳《みきちやう》の後《うしろ》、障子《さうじ》のあなたなどのあき通りたるなどに、女房三十人ばかりおしこりて、濃き薄き鈍色《にびいろ》どもを着つつ、皆いみじう心細げにて、うちしほれたれつつゐ集りたるを、いとあはれと見たまふ。おぼし捨つまじき人もとまりたまへれば、さりとも、もののついでには立ち寄らせたまはじやなど、なぐさめはべるを、ひとへに思ひやりなき女房などは、今日を限りにおぼし捨てつる故里《ふるさと》と思ひ屈《くん》じて、長く別れぬるかなしびよりも、ただ時時馴れつかうまつる年月《としつき》の名残なかるべきを嘆きはべるめるなむ、ことわりなる。うちとけおはしますことははべらざりつれど、さりともつひにはと、あいな頼《だの》めしはべりつるを、げにこそ心細き夕《ゆふべ》にはべれ」とても、泣きたまひぬ。「いと浅はかなる人々の嘆きにもはべるなるかな。まことに、いかなりとももとのどかに思ひたまへつるほどは、おのづから御目離《か》るるをりもはべりつらむを、なかなか今は何を頼みにてかはおこたりはべらむ。今御覧じてむ」とて出でたまふを、大臣《おとど》見送りきこえたまひて、入りたまへるに、御しつらひよりはじめ、ありしに変ることもなけれど、空蟬《うつせみ》のむなしきここちぞしたまふ。

左大臣に急き立てられていよいよ出立の時を迎え、源氏は名残惜しそうにあたりを見回す。が、ふと《御几帳の後、障子のあなたなどのあき通りたるなどに》《女房三十人ばかりおしこりて》いるのが目にとまる。《おしこりて》(「おし凝る」)――一団となる意のことばが、吸い寄せられるように一所に寄り集まっている女房たちの不安気な表情をくっきりと浮かび上がらせる。

女房たちはそれぞれに女君から受けた恩顧に応じて濃い鈍色、薄い鈍色の喪服を着て《皆いみじう心細げにて、うちしほれたれつつゐ集りたるを》といった様子を見せている。「しほたる」は涙で袖を濡らすこと。源氏は《いとあはれ》と深く心を打たれる。女君という支柱を失い男君を待つ密かな楽しみさえ失おうとしている、どんなに心細いことだろうか、今は何をどうしていいかわからず、泣くことで空ろな思いに耐えようとしているに違いないと思うと、胸が締め付けられる。

左大臣がそんな女房たちの思いを伝えようと、《おぼし捨つまじき人もとまりたまへれば、さりとも、もののついでには立ち寄らせたまはじやなど、なぐさめはべるを》と、口を挟む。女房たちには若君はこの邸に止まるので、源氏は必ず立ち寄ってくれると言い聞かせているのに、《今日を限りにおぼし捨てつる故里》と勝手に思い詰めて塞ぎ込んでいる。《長く別れぬるかなしびよりも、ただ時時馴れつかうまつる年月の名残なかるべきを嘆きはべるめるなむ、ことわりなる》と、女房と気持ちは同じで、長く仕えた人との死別よりもたまに仕えた人との生き別れの方がつらいと嘆くのは、源氏なればこそと左大臣も納得がいく。

左大臣はこれが最後の機会と思ってか心に残る恨みの気持ちを思い切って源氏にぶつけ、《うちとけおはしますことははべらざりつれど、さりともつひにはと、あいな頼めしはべりつるを》と述べる。《あいな頼み》はあてにならない望みのこと。左大臣も源氏たちの夫婦仲がしっくりとはいってなかったことを心配していたが、それは源氏が北の方に心を開いて打ちとけてくれないからと思っていたようである。そのうちにきっと仲良くなってくれるだろうと《あいな頼み》を抱き続けるしかなかったがそれも今は空しい。《げにこそ心細き夕にはべれ》と源氏との別れが身を切られるようにつらくて涙が溢れる。

源氏は《いと浅はかなる人々の嘆きにもはべるなるかな》と、女房たちの不安を強く否定しはねつける。そして《まことに、いかなりとももとのどかに思ひたまへつるほどは、おのづから御目離るるをりもはべりつらむを、なかなか今は何を頼みにてかはおこたりはべらむ。今御覧じてむ》と、そのうちこちらの気持ちもわかってくれるとあてにして、呑気に構え足も遠のきがちだったが、今はあてにする人がいないのだからたびたび訪れるつもりだ、見ていてほしいと必死になって弁明し、邸を後にする。

左大臣はそれを見送る。が、そのまま自分の部屋に戻る気がせず、源氏たち夫婦の部屋に入って行く。《御しつらひよりはじめ、ありしに変ることもなけれど、空蟬のむなしきここちぞしたまふ》——二人の使っていた調度品などはそのまま残されているが、人の気配が絶えた部屋のたたずまいが《空蟬》の抜け殻のように虚しく感じられるだけだった。

残された手習ひ

御帳《みちやう》の前に御硯《すずり》などうち散らして、手習ひ捨てたまへるを取りて、目をおししぼりつつ見たまふを、若き人々は、悲しきなかにも、ほほゑむあるべし。あはれなる古《ふる》言《こと》ども、唐《から》のも大和《やまと》のも書きけがしつつ、草《さう》にも真名《まな》にも、さまざまめづらしきさまに書きまぜたまへり。「かしこの御手や」と、空を仰ぎてながめたまふ。よそ人に見たてまつりなさむが惜しきなるべし。「旧《ふる》き枕故《ふる》き衾《ふすま》、誰とともにか」とある所に、

なき魂《たま》ぞいとど悲しき寝し床の
あくがれがたき心ならひに

また、「霜の花白し」とある所に、

君なくて塵《ちり》つもりぬるとこなつの
露うち払ひいく夜寝《よね》ぬらむ

二人が寝む時に使っていた御帳台の前には硯などがそのまま残されていた。左大臣は無造作に捨てられていた手習いの紙を手に取ると、《目をおししぼりつつ見たまふ》のだった。涙でくもろうとする目を細くしぼって見張る姿は、悲しみに包まれたこの場の雰囲気におかしみを添え、若い女房たちのほほえみを誘う。

手習いの紙には《あはれなる古言ども、唐のも大和のも書きけがしつつ》と、古人の遺した心打つ詩や歌を漢詩（唐）や和歌（大和）の形式に直したものが一面に書き散らされている。

《草にも真名にも、さまざまめづらしきさまに書きまぜたまへり》と、それも漢字を草書体にしたり楷書体にしたりと様々に崩し、中には見たこともないような書体まで混じっている。

左大臣は《「かしこの御手や」》と思わず口を突き、《空を仰ぎてながめたまふ》と、源氏の非凡さを思って感慨に浸る。もう二度とこの部屋であのような見事な筆跡を目にすることはないのだ。未練を断ちきれず無念な思いに堪えている様子が《空を仰ぎて》と描かれる。語り手もそんな左大臣の気持ちを《よそ人に見たてまつりなさむが惜しきなるべし》と、源氏を婿ではなく赤の他人として見なければならないのが残念でならないのだろうと推測する。

また《「旧き枕故き衾、誰とともにか」》と、長恨歌の一節が書かれた横に、《なき魂ぞいとど悲しき寝し床のあくがれがたき心ならひに》という源氏の歌が書き添えられていた。亡き人の魂が今もこの床を離れがたく思っているのではないかと思うと悲しみもまさる、二人はいつも離れがたかったのでと詠う。長い年月床を共にした妻を恋い慕って源氏は臆することがない。《「霜の花白し」》というこれも長恨歌の一節の傍らに、《君なくて塵つもりぬるとこなつの露うち払ひいく夜寝ぬらむ》と書かれた歌もあった。《とこなつ》は撫子のことで床を掛ける。源氏は熱烈に妻を恋うるのである。

結婚以後の源氏夫婦は、相手に求めるものを互いに譲らずぎくしゃくした関係を積み重ねて溝を深める結果となった。だが、亡き人の思い出は美化されがちであるにしても、これらの歌にはこれまで描かれてきた冷ややかな夫婦関係とは別の、明かされてこなかった仲睦まじい夫婦の一面がかいまみられ、亡き北の方は源氏に充分愛されていたことが伺われる。

亡き北の方は歌を詠んでいない。いつも気持ちを抑え込んで表に出さないように努めていたためだろうか、気持ちをことばで表現することが苦手だったのだろう。源氏の哀悼の気持ちが深く沈潜していったのも、そんな表面からではわからない北の方を源氏は深いところで受け止めてきたからであろう。ここには長い時を経た夫婦の複雑に絡み合った諸相がありのままに表されており、《あくがれがたき心ならひ》の一語は余韻を残す。

一日《ひとひ》の花なるべし、枯れてまじれり。宮に御覧ぜさせたまひて、「いふかひなきことをばさるものにて、かかる悲しき類《たぐ》ひ、世になくやはと思ひなしつつ、契《ちぎ》り長からで、かく心をまどはすべくてこそはありけめと、かへりてはつらく、前《さき》の世を思ひやりつつなむ、さましはべるを、ただ日ごろに添へて、恋しさの堪へがたきと、この大将の君の、今はとよそになりたまはむなむ、飽かずいみじく思ひたまへらるる。一日《ひとひ》二日《ふつか》も見えたまはず、かれがれにおはせしをだに、飽かず胸いたく思ひはべりしを、朝夕の光失ひては、いかでかながらふべからむ」と、御声もえ忍びあへたまはず泣いたまふに、御前《おまへ》なるおとなおとなしき人など、いと悲しくて、さとうち泣きたる、そぞろ寒き夕《ゆふべ》のけしきなり。若き人々は、所々に群れゐ《む》つつ、おのがどち、あはれなることどもうちかたらひて、「殿のおぼしのたまはするやうに、若君を見たてまつりてこそはなぐさむべかめれと思ふも、いとはかなきほどの御形見にこそ」とて、おのおの、「あからさまにまかでて、参らむ」と言ふもあれば、かたみに別れ惜しむほど、おのがじしあはれなることども多かり。

反古の中に《一日の花なるべし、枯れてまじれり》と、先日源氏が歌を付けて送った時の残りの花が枯れて混じっていた。左大臣はそれを大宮に見せる。大宮の口からは《いふかひなきことをばさるものにて、かかる悲しき類ひ、世になくやはと思ひなしつつ、契り長からで、かく心をまどはすべくてこそはありけめと、かへりてはつらく、前の世を思ひやりつつなむ、さましはべるを》と、悲嘆のことばがめんめんと続く。

世間には子に先立たれた悲しい例がいくらもあると自分に言い聞かせ、死別を恨むのでなく、親子の縁が短く子は親を苦しませるために生まれてきたという前世の因縁を恨むことにして気持ちを静めていると言う。ただ《日ごろに添へて、恋しさの堪へがたきと、この大将の君の、今はとよそになりたまはむなむ、飽かずいみじく思ひたまへらるる》と、恋しい娘と他人となる婿との別れが悲しいと切々と訴える。《よそに》は赤の他人となること。《一日二日も見えたまはず、かれがれにおはせしをだに、飽かず胸いたく思ひはべりしを、朝夕の光失ひては、いかでかながらふべからむ》と、大宮もまた源氏への未練の情を断ちがたい。訪れが途絶えがちで胸も痛んだが、それもなくなって光を失ってはどうして生きていかれようかと言って声も抑えず泣き崩れる。

《御前なるおとなおとなしき人など、いと悲しくて、さとうち泣きたる》と、宮に寄り添うように控える年の上の女房たちも、込み上げる悲しみに堪えきれずわっと泣く。人々の夢や生きがいを担った婿殿を失う心の虚しさが、《そぞろ寒き夕のけしきなり》という光景そのものとして表される。《そぞろ》はむやみに、無性にの意。人々の心にうすら寒い風が吹き抜ける。

しかし若い女房たちはこれからの身の振り方に強い関心を寄せていた。《所々に群れゐつつ、おのがどち、あはれなることどもうちかたらひて》と、気の合う者同士が寄り集まってはそれぞれに《あはれなることども》を語り合っている。ある者は《「殿のおぼしのたまはするやうに、若君を見たてまつりてこそはなぐさむべかめれと思ふも、いとはかなきほどの御形見にこそ」》と率直に語って胸の内の不満を明かす。殿は若君の世話をして過ごせば心も慰むだろうと言うが生まれたばかりの若君では張り合いもないと言う。まだ迷いがあって決めかねているのだろうか。

中には《「あからさまにまかでて、参らむ」》――しばらく里へ戻って様子をみてから来ようという者もいる。《あからさま》はちょっとの間。邸を出ると決めた者は残る者たちと別れを惜しんでいる。それぞれの別れには女房一人一人の胸迫る事情がいろいろと絡んでいたのである。

帰邸

院へ参りたまへれば、「いといたう面瘦《おもや》せにけり。精進《さうじ》にて日を経《ふ》るけにや」と、心苦しげにおぼしめして、御前《おまへ》にてものなど参らせたまひて、とやかくやとおぼしあつかひきこえさせたまへるさま、あはれにかたじけなし。中宮の御方に参りたまへれば、人々、めづらしがり見たてまつる。命婦《みやうぶ》の君して、「思ひ尽きせぬことどもを、ほど経《ふ》るにつけてもいかに」と、御消息《せうそこ》聞こえたまへり。「常なき世は、おほかたにも思うたまへ知りにしを、目に近く見はべりつるに、いとはしきこと多く思うたまへ乱れしも、たびたびの御消息《せうそこ》になぐさめはべりてなむ、今日までも」とて、さらぬおりだにある御けしき取り添へて、いと心苦しげなり。無紋《むもん》のうへの御衣《ぞ》に、鈍色《にびいろ》の御

下襲《したがさね》、纓《えい》巻きたまへるやつれ姿、はなやかなる御装《よそ》ひよりも、なまめかしさまさりたまへり。春宮《とうぐう》にも久しう参らぬおぼつかなさなど聞こえたまひて、夜《よ》ふけてぞ、まかでたまふ。

左大臣邸を辞した源氏はそのまま院に参上する。院は久しぶりに見る源氏があまりに憔悴しているので胸を衝かれる。驚きの面持ちも露わに《「いといたう面痩せにけり。精進にて日を経るけにや」》としみじみ思う。こんなにやつれる程、勤行に励んで喪の日々を過ごしていたのだ。《心苦しげにおぼしめして》と、院は亡き北の方を思う一途なその心根が痛々しくてならない。

院は子を案ずる父の眼差しで源氏をいろいろと構う。《御前にてものなど参らせたまひて》と、院の前で食事をとるようにしてくれた。《とやかくやとおぼしあつかひきこえさせたまへるさま》が身にしみてありがたい。《おぼしあつかひ》は「思ひ扱ふ」の敬語で心を尽くして世話をする意《とやかくや》ということばが、子に精一杯の愛情を注ぐ父の眼差しを伝える。

院の元から《中宮の御方》へ渡る。女房たちは久々に源氏を迎えられるのがうれしい。《めづらしがり見たてまつる》と、やつれた面差しで現れた源氏を初めて会う人のようにまじまじと見つめる。早速中宮から命婦の君を介して《「思ひ尽きせぬことどもを、ほど経るにつけてもいかに」》――私の方もいろいろと悲しみは尽きないが、そちらの喪明けの悲しみは時が経つにつれいかばかりかと源氏を思い遣る見舞いの伝言があった。

源氏も《「常なき世は、おほかたにも思うたまへ知りにしを、目に近く見はべりつるに、いとはしきこと多く思うたまへ乱れしも、たびたびの御消息になぐさみはべりてなむ、今日までも」》と、定めないのが世の常とは言え、間近に人の死を体験すると厭わしいことが多く気持ちも動揺したが、中宮からの度々の便りに慰められて今日まで生き長らえることができたと、感謝のことばで応える。

その様子は《さらぬおりだにある御けしき取り添へて、いと心苦しげなり》と、何時にもまして憂わしげだが、それに加えて喪の時を耐えてきた人の、苦衷の表情も滲ませている。《無紋のうへの御衣に、鈍色の御下襲、纓巻きたまへるやつれ姿、はなやかなる御装ひよりも、なまめかしさまさりたまへり》と、上から下まで喪服に身を包んでいる源氏の姿は色とりどりの華やかな装束よりもずっと優美に見える。《無紋のうへの御衣》は模様のない束帯の表衣で喪服のさま。《纓巻きたまへる》の《纓》は冠の後ろに垂らすもの。服喪の時はそれを巻き上げる。

春宮のことも気がかりだから参上しなくてはなどと話を交わし、夜も更けてからようやく院の御所を退出する。

二条の院には、方々《かたがた》払ひみがきて、男女《をとこをんな》、待ちきこえたり。上臈《じやうらふ》ども皆まうのぼりて、われもわれもと装束《さうぞ》き、化粧《けさう》じたるを見るにつけても、かのゐ並《な》み屈《くん》じたりつるけしきどもぞ、あはれに思ひいでられたまふ。御装束《さうぞく》たてまつりかへて、西の対《たい》にわたりたまへり。衣がへの御しつらひ、くもりなくあざやかに見えて、よき若人童女《わかうどわらはべ》の、形《なり》、姿めやすくととのへて、少納言がもてなし、心もとなきところなう、心にくしと見たまふ。

姫君、いとうつくしうひきつくろひておはす。「久しかりつるほどに、いとこよなうこそ大人びたまひにけれ」とて、小さき御几帳《みきちやう》ひきあげて見たてまつりたまへば、うちそばみてはぢらひたまへる御さま、飽かぬところなし。火影《ほかげ》の御かたはらめ、頭《かしら》つきなど、ただかの心尽くしきこゆる人に違《たが》ふところなくもなりゆくかなと見たまふに、いとうれし。

源氏を迎え入れた二条の院は《方々払ひみがきて、男女、待ちきこえたり》と夜更けなのに活気に満ちていた。部屋という部屋は払い清められ、磨き上げられて、あとは源氏を待つばかりの女房をはじめ使用人たち、邸のすべての《男女》にも安堵の表情が見える。

源氏が留守の間、里下がりをしていた《上臈ども》——格付けの高い女房たちも皆早々に詰めており、《われもわれもと装束き、化粧じたるを見るにつけても》と、それぞれが目一杯着飾り化粧を施して派手やかにさざめいている。

そんな女たちを見るにつけても《かのゐ並み屈じたりつるけしきどもぞ》と、別れ際に見た左大臣家の女房たちの、首を垂れてずらりと居並んでいた光景が頭に浮かび胸が締め付けられる。が、それを振り払うようにして、自分の部屋に入ると着替えをすませてから西の対に渡った。

喪中の鈍色の世界に慣れた目に、西の対のすべてが新鮮に映る。《衣がへの御しつらひ》は、《くもりなくあざやかに見えて》明るく部屋を彩っている。《衣がへの御しつらひ》は冬用に整えられた部屋の飾り付け。《よき若人童女》が《形、姿めやすくととのへて》控えており、過不足ない出迎えである。《めやすく》は見た目に感じがいい意。

少納言の采配は《心もとなきところなう、心にくしと見たまふ》と、源氏をすっかり満足させる。いつのまにか少納言も源氏の側近く仕えるうちに奥ゆかしく洗練された感性を身につけていたのだった。

姫君が《いとうつくしうひきつくろひておはす》と、とても愛らしい身繕いで源氏を迎える。源氏は《「久しかりつるほどに、いとこよなうこそ大人びたまひにけれ」》と、その成長ぶりに驚きの声を上げながら、小さな御几帳を引き上げて姫君を見る。《いとこよなうこそ》ということばが伝えるように久しく見ないうちにこんなにも大人びるものかと驚嘆の色を隠さない。

源氏にまともに見つめられ、《うちそばみてはぢらひたまへる御さま、飽かぬところなし》と、横を向いてはにかむその様子は目を瞠るばかりに美しく整っている。

《火影の御かたはらめ、頭つきなど、ただかの心尽くしきこゆる人に違ふところなくもなりゆくかなと見たまふに》――その上火影のゆらめきに照らされた横顔、髪の様子など見れば見るほど《心尽くしきこゆる人》にそっくりではないか、姫君がこんなにも願い通りに成長してくれるとは何とうれしいのだろう。夢が叶えられるようで源氏は胸を躍らせる。

近く寄りたまひて、おぼつかなかりつるほどのことどもなど聞こえたまひて、「日ごろの物語、のどかに聞こえまほしけれど、いまいましうおぼえはべれば、しばし異《こと》方《かた》にやすらひて、参り来《こ》む。今は、とだえなく見たてまつるべければ、いとはしうさへやおぼされむ」と、かたらひきこえたまふを、少納言はうれしと聞くものから、なほあやふく思ひきこゆ。やむごとなき忍び所多うかかづらひたまへれば、またわづらはしきや立ちかはりたまはむと思ふぞ、憎き心なるや。

御方にわたりたまひて、中将の君といふに、御足など参りすさびて、大殿籠《おほとのごも》りぬ。

朝《あした》には、若君の御もとに御文たてまつりたまふ。あはれなる御返りを見たまふにも、尽きせぬことどものみなむ。いとつれづれにながめがちなれど、何となき御ありきも、もの憂くおぼしなられて、おぼしも立たれず。

源氏は姫君の近くに寄ると《おぼつかなかりつるほどのことどもなど》と、不在中の出来事をかいつまんで語る。「おぼつかなし」は気がかり、心配すること。姫君に会えなくて気がかりだった時のことという言い方をして姫君の気持ちを立てる。しかし、亡き北の方の葬送のことや服喪中の出来事などを姫君に詳しく話して聞かせる気にはならない。

姫君には留守中のことを色々話して聞かせたいが、縁起が悪いので今はやめにして向こうで休んでから又来ると言い含める。そして《今は、とだえなく見たてまつるべければ、いとはしうさへやおぼされむ》と言い添え、不在中の埋め合わせをするかのようにこれからはいつも訪ねるからと機嫌を取る。《今は》は未来のことも含んで使われることば、これからはの意。《いとはしう》は嫌だ、煩わしい意。

少納言は《うれしと聞くものから、なほあやふく思ひきこゆ》と、うれしいには違いないが信用しきれない。源氏は嫌がられるほど会いに来ると言うが本当だろうかと疑いが残る。姫君の幸せを第一に考える少納言の立場から見ると、源氏のかかえる女関係は混沌としてすっきりしない。源氏には《やむごとなき忍び所多うかかづらひたまへれば》と、忍びで通う高貴な身分の方々が多いので《またわづらはしきや立ちかはりたまはむ》といずれ、亡き北の方にとって代わってやっかいな筋の姫君が現れるのではないかという不安が頭をもたげるのだ。しかし語り手はそんな少納言の気の回し方を《憎き心なるや》と一笑に付して退ける。

源氏は東の対の自分の部屋に戻ると中将の君という女房を呼び、《御足など参りすさびて》とりとめのない話など交わしてくつろいでから寝む。「足参り」は貴人の足をもみさすること。「すさぶ」は慰みに……する意。

翌朝、左大臣家の若君の元に手紙を届ける。左大臣家からの《あはれなる》返事を見るにつけ《尽きせぬことどものみなむ》と、終始悲嘆のことばで綴られた文面には心が痛む。左大臣家のことを考えると気持ちも滅入り、《いとつれづれにながめがちなれど》何をするでもなくぼんやりもの思いに耽けることが多い。《何となき御ありきも、もの憂くおぼしなられて、おぼしも立たれず》――ふらりと女の所に立ち寄るのもおっくうだと思うようになり、外出しようという気さえ起こらなくなった。

結婚

姫君の、何ごともあらまほしうととのひ果てて、いとめでたうのみ見えたまふを、似げなからぬほどにはた、見なしたまへれば、けしきばみたることなど、をりをり聞こえこころみたまへど、見も知りたまはぬけしきなり。つれづれなるままに、ただこなたにて碁《ご》打ち、偏《へん》つきなどしたまひつつ、日を暮らしたまふに、心ばへのらうらうじく愛敬《あいぎやう》づき、はかなきたはぶれごとのなかにも、うつくしき筋をしいでたまへば、おぼし放《はな》ちたる年月こそ、ただ、さるかたのらうたさのみはありつれ、しのびがたくなりて、心苦しけれど、いかがありけむ、人のけぢめ見たてまつりわくべき御仲にもあらぬに、男君《をとこぎみ》はとく起きたまひて、女君はさらに起きたまはぬ朝《あした》あり。

源氏のもの憂い心を慰めてくれる所は、姫君のいる西の対しかない。が、姫君はこれまで接してきたような子供ではない。源氏は何かと姫君の存在が気にかかって、西の対に足が向く。源氏の目に姫君は《何ごともあらまほしうととのひ果てて、いとめでたうのみ》と映る。《果てて》《のみ》の強調のことばが、少女から見事に成長し匂い立つまでに美しい理想的な女となっていることを印象づける。

源氏はそういう姫君を目の当たりにするにつけ、本当の妻としたいという思いが頭を占めるようになる。姫君と北山で出会い邸に引き取ってからすでに四年を数えた。姫君を妻とするには《似げなからぬほどにはた、見なしたまへれば》と判断してもおかしくはないと思う。《似げなからぬ》は二重否定の言い方で、似つかわしくないとは言えないの意。《はた》は当然のこととして肯定する意。源氏のそんな慎重な言い回しは、かつて姫君を引き取りたいと申し出た折り、尼君や僧都たちからその都度「似げなし」と厳しく突っぱねられた苦い体験を思い起こさせた。

姫君には《けしきばみたることなど、をりをり聞こえこころみたまへど》と、結婚を匂わせるような話を折りを見ては仕向けていく。が、姫君は《見も知りたまはぬけしきなり》と、こちらの意向など一向に頓着しない様子である。

この四年間、二人は仲睦まじく暮らす夫婦でありながら、源氏は親代わりの保護者で姫君は源氏に庇護される子供といった変則の夫婦関係を保ってきた。姫君には源氏が自分の夫であるという認識はあったが、その夫が男性で男君になる人だとは思ってもいなかったに違いない。

何をなす気にもなれないまま源氏は吸い寄せられるように姫君の所に顔を出す。《ただこなたにて碁打ち、偏つきなどしたまひつつ》日がな姫君の相手をして時を過ごす。碁打ちや偏つきの遊びに興ずるが、心に思うことがあるのでこれまでのように楽しめない。《偏つき》は漢字の旁を示して偏を当てる、または偏を示して旁をつけたりする遊び。

元々姫君は《心ばへのらうらうじく愛敬づき、はかなきたはぶれごとのなかにも、うつくしき筋をしいでたまへば》という人である。才気溢れる《心ばへ》が魅力的で、こんなちょっとした遊びの中でもそれを実にかわいらしく表現するので思わず惹かれてしまうのだ。《おぼし放ちたる年月こそ、たださるかたのらうたさのみはありつれ》と、結婚するにはまだ早いと思い子供として扱ってきた間は、姫君の魅力にどんなに心奪われてもひたすらその愛らしさばかりに目を留めていた。

だが結婚の対象として姫君を意識するようになると、姫君の表情やしぐさの一つ一つに女らしさを感じて胸がむやみと高鳴る。こんな状態のまま姫君の側にいて姫君と同じ空気を吸うのは苦しい。姫君のすべてを求め、わが妻にしたいという激しい衝動は募るばかりだ。《しのびがたくなりて、心苦しけれど》と、何も知らない姫君を痛々しく思いやればためらわざるを得ないのだが、源氏は前へと急《せ》く。

《いかがありけむ、人のけぢめ見たてまつりわくべき御仲にもあらぬに、男君はとく起きたまひて、女君はさらに起きたまはぬ朝あり》と、語り手はいつも一緒の夫婦が全く別の行動をとったある朝の様子を不審げに語る。が、二人の呼称を《男君》に対する《女君》と変えて、一対の夫婦が始まったのではないかと推し量る。語り手の目に鮮明に焼き付けられた《男君はとく起きたまひて、女君はさらに起きたまはぬ朝あり》という光景は、女君の受けた衝撃の大きさを語って余りあるからである。

人々、「いかなればかくおはしますならむ。御ここちの例ならずおぼさるるにや」と見たてまつり嘆くに、君はわたりたまふとて、御硯《すずり》の箱を、御帳《みちやう》のうちにさし入れておはしにけり。人間《ひとま》にからうして頭《かしら》もたげたまへるに、引き結びたる文《ふみ》、御枕のもとにあり。何心もなく、ひきあけて見たまへば、

あやなくも隔てけるかな夜《よ》をかさね
　さすがに馴れし夜《よる》の衣《ころも》を

と、書きすさびたまへるやうなり。かかる御心おはすらむとは、かけてもおぼし寄らざりしかば、などてかう心憂《う》かりける御心を、うらなくたのもしきものに思ひきこえけむと、あさましうおぼさる。

昼つかた、わたりたまひて、「なやましげにしたまふらむは、いかなる御ここちぞ。今日は碁も打たで、さうざうしや」とて、のぞきたまへば、いよいよ御衣《ぞ》ひきかづきて臥したまへり。人々はしりぞきつつさぶらへば、寄りたまひて、「などかくいぶせき御もてなしぞ。思ひのほかに心憂くこそおはしけれな。人もいかにあやしと思ふら

む」とて、御ふすまをひきやりたまへれば、汗におしひたして、額髪《ひたひがみ》もいたう濡れたまへり。「あなうたて。これはいとゆゆしきわざぞよ」とて、よろづにこしらへきこえたまへど、まことにいとつらしと思ひたまひて、つゆの御いらへもしたまはず。「よしよし。さらに見えたてまつらじ。いとはづかし」など怨《ゑ》じたまひて、御硯あけて見たまへど、ものもなければ、若《わか》の御ありさまや、と、らうたく見たてまつりたまひて、日一日《ひひとひ》入りゐてなぐさめきこえたまへど、解けがたき御けしき、いとどらうたげなり。

周囲の女房たちが、女君がいつまでも姿を現さないので《「いかなればかくおはしますならむ。御ここちの例ならずおぼさるるにや」》と、こんなに起きられないのは体調がすぐれないからではないかと心配する。源氏は自分の部屋へ戻ると言って、硯箱を几帳の中に差し入れるとそのまま行ってしまった。

女君は《人間にからうして頭もたげたまへるに》、枕辺に置かれていた《引き結びたる》――「後朝《きぬぎぬ》の文《ふみ》」に目をやる。《人間》は人の見ていない時を指す。源氏にも女房たちにも会いたくない、けれども源氏が何を置いていったか気になる。何気なく手紙を引きあけて見ると、歌が書かれてあった。《あやなくも隔てけるかな夜をかさねさすがに馴れし夜の衣を》――これまで幾夜も夜の衣を共にしてきたのにどうして何でもない間柄でいられたのかと、女君と結ばれて夫婦となった喜びを歌い上げる。しかし、女君には昨日の夜のこともさりげなく書き流したようなその書きぶりもすべて腹立たしい。

女君は《かかる御心おはすらむとは、かけてもおぼし寄らざりしかば、などてかう心憂かりける御心を、うらなくたのもしきものに思ひきこえけむ》と、身に襲いかかった新たな現実にどう対したらいいのか戸惑い苦しんでいた。日頃から全幅の信頼を寄せ親同然に思って頼ってきた人が突然男君に変貌したのである。源氏を異性と意識する折りもなかった女君にとって、今の源氏は《あさましうおぼさる》と他人に感じられる。深く心を傷つけられた女君は不信の刃を源氏に向ける。源氏との暮らしにこんなことが起ころうとは思ってもみなかった自分が情けない。源氏の本性を見抜けないで《うらなくたのもしきものに思ひきこえけむ》と、一途に慕ってきた自分の甘さを責め、源氏を嫌悪する。

昼頃になって源氏が渡って来る。《なやましげにしたまふらむは、いかなる御ここちぞ。今日は碁も打たで、さうざうしや》と言って機嫌を伺い几帳の中をのぞく。結婚をしても昨日と同じように碁打ちの相手を求める源氏の日常感覚は変わらない。が、女君は《いよいよ御衣ひきかづきて臥したまへり》と、源氏を寄せ付けない。《いよいよ》ということばから顔も見たくないという拒絶の意志が伝わる。

女房たちは気を利かせ側を離れて控える。源氏は側へ寄るといつものようにすねているのかと思い、《などかくいぶせき御もてなしぞ。思ひのほかに心憂くこそおはしけれな。人もいかにあやしと思ふらむ》と言って責める。《いぶせき御もてなし》は、女君が顔も見せないのを感じ悪い態度となじることば。《心憂くこそおはしこそ》もひどい人だと非難めいて言うことば。

そう決めつけながら《御ふすま》——寝る時上にかける夜具を引きのける。女君は《汗におしひたして、額髪もいたう濡れたまへり》という痛々しい有様を呈していた。源氏の仕打ちに打ちのめされても誰にも言えずひとり悶々と苦しみぬいていたのである。源氏は《あなうたて。これはゆゆしきわざぞよ》と驚きの声を上げいろいろとなだめすかす。が、源氏がどんなことばをかけても《つゆの御いらへもしたまはず》と何か応える気などさらさらない。《つゆ…ず》の強い否定のことばが固く閉ざしてしまった女君の心を伝える。

源氏は女君の衝撃を受けた姿にたじろぐがどう慰めていいかわからない。《よしよし。さらに見えたてまつらじ。いとはづかし》と、その場しのぎの恨み言を言ってごまかそうとするが、女君の真剣な刃の前でごまかしきれないものが残る。自分の行為が責められているように感じ《いとはづかし》と思う。

枕元の硯箱をあけて見ても返事はない。《若の御ありさまや》とため息をもらす。が、未だに結婚の作法を知らない幼さをかえって《らうたく》思う。口ではもう会わないからなどと言いながら源氏は女君の元を離れることができない。一日中几帳の中に入り込んで慰めるが女君の《解けがたき御けしき》は変わろうはずはなかった。その様子がまた《いとどらうたげなり》と女君をいとおしむ源氏の気持ちを一層募らせるのだった。

子の子餅

その夜さり、亥《ゐ》の子餅《こもちひ》参らせたり。かかる御思ひのほどなれば、ことことしきさまにはあらで、こなたばかりに、をかしげなる檜破籠《ひわりこ》などばかりを、色々にて参れるを見たまひて、君、南のかたに出でたまひて、惟光《これみつ》を召して、「この餅《もちひ》、かう数々に所狭《せ》きさまにはあらで、明日《あす》の暮に参らせよ。今日はいまいましき日なりけり」と、うちほほゑみてのたまふ御けしきを、心ときものにて、ふと思ひ寄りぬ。惟光たしかにもうけたまはらで、「げに愛敬《あいぎやう》のはじめは、日選《ひえ》りしてきこしめすべきことにこそ。さても、子《ね》の子《こ》はいくつかつかうまつらすべうはべらむ。」と、まめだちて申せば、「三つが一つかにてもあらむかし」とのたまふに、心得果てて、立ちぬ。もの馴れのさまやと君はおぼす。人にも言はで、手づからといふばかり、里にてぞ、作りゐたりける。

十月に入って初めての亥の日の夜、女君の元に《亥の子餅》が届けられる。今日は無病息災子孫繁栄を祝って餅を食べるならわしの亥の子餅の日である。源氏の方は主人の喪がまだ明けていないので《ことことしきさまにはあらで》祝い事は差し控える。女君の所に届けられた《亥の子餅》は《をかしげなる檜破籠などばかりを、色々にて参れる》ものだった。《檜破籠》は檜の薄板で作った折り箱で中を仕切って食物を入れるもの。《色々にて参れる》とは七種（大豆、小豆、ごまなど）の粉で猪子形に作られた餅が、彩りよくかたちもしゃれて美しい折り箱に並べられている様を言う。

源氏はそれを見て思い付くことがあり、西の対の南面のはしに惟光を呼ぶ。そして《この餅、かう数々に所狭きさまにはあらで、明日の暮に参らせよ。今日はいまいましき日なりけり》と意味ありげに命じる。ともかく餅を作って明日の暮れ女君の元へ届けよと言う。《心と（疾）きもの》である惟光は、源氏の《うちほほゑみてのたまふ御けしき》のはにかみを含んだ微妙な表情と、あえて日の吉凶を問題にしていることで二人が昨晩結ばれたことをすばやく察知する。

当時、男が女の元に三日間続けて通うと結婚が成立する。三日目の夜に二人で餅を食べて祝うならわしがあり、三日の夜の餅という。惟光は明日女君に届ける餅が三日の夜の餅であることを悟ったのだ。

源氏は服喪中ということもあって自分の方からそれと口には出しにくい。源氏のためらいを察した惟光は《たしかにもうけたまはらで》と、はっきりしたことを源氏には言わせず、《げに愛敬のはじめは、日選りしてきこしめすべきことにこそ。さても、子の子はいくつかつかうまつらすべうはべらむ》と、真顔で餅の数を問い返したりして主人の言いたいことを引き取る。《愛敬》は結婚をほのめかして言う表現。

餅を用意するのは亥の日の翌日の子の日なので「子の子餅」と、とっさに言い換えて機知を働かせる。源氏が《三つが一つかにてもあらむかし》とまじめくさって答えたので、惟光は何もかも承知する。《心得果てて、立ちぬ》と、自信ありげに源氏の元を去る惟光の頭の中には、源氏のために骨折ってなすべき事の細かい段取りまで出来上がっている。

その姿を見送る源氏は《もの馴れのさまや》と、ほとほと感心するばかりである。世間に漏れないよう事を運ばなくてはならない時は、多くを語らなくてもこちらの意図をすばやく呑み込んでくれるので安心して任せられる、そんな惟光の存在がどんなに有り難いことか、惟光のおかげでどれだけ急場をしのいでこられたかを思うと源氏は感慨深い。

惟光は源氏から任された餅作りに、《人にも言はで、手づからといふばかり、里にてぞ、作りゐたりける》といそしむ。宮中の女房たちには伏せたまま実家に戻って家の者に作らせたのである。惟光は仕上がるまで側について注文をつけたり作り直させたりして、餅作りを差配していたに違いない。《手づからといふばかり》ということばからそんな光景が浮かぶ。北山で女君と出会ってから今日に至るまでのすべてを知っているのは惟光ひとりである。このことは人には任せられない、自分が引き受けるのはあたりまえと思う主人への深い思いが、このことばに籠められている。

君は、こしらへわびたまひて、今はじめ盗みもて来たらむ人のここちするも、いとをかしくて、年ごろあはれと思ひきこえつるは、片端《かたはし》にもあらざりけり、人の心こそうたてあるものはあれ、今は一夜《ひとよ》も隔てむことのわりなかるべきこととおぼさる。のたまひし餅《もちひ》、忍びていたう夜《よ》ふかして持《も》て参れり。少納言はおとなしくて、はづかしくやおぼさむと、思ひやり深く心しらひて、娘の弁といふを呼び出でて、「これ忍びて参らせたまへ」とて、香壺《かうご》の筥《はこ》を一つさし入れたり。「たしかに御枕上《まくらがみ》に参らすべき祝ひのものにはべる。あなかしこ、あだにな」と言へば、あやしと思へど、「あだなることは、まだならはぬものを」とて取れば、「まことに、今はさる文字《もじ》忌《い》ませたまへよ。よもまじりはべらじ」と言ふ。若き人にて、けしきもえ深く思ひ寄らねば、

持《も》て参りて、御枕上の御几帳《きちやう》よりさし入れたるを、君ぞ、例の聞こえ知らせたまふらむかし。

源氏は頑なに背を向けたままの女君の元を離れられず《こしらへわびたまひて》いる。どう機嫌をとってよいかわからず手を拱いている。そんな女君を前にした心境を《今はじめ盗みもて来たらむ人のここちするも、いとをかしくて》と源氏は思い切り突き放す。女君のことは何から何まで知っているつもりだった、が今、目の前にいるのは《盗みもて来たらむ》別の女でその人のことは何も知らない、といった錯覚に陥る。しかし、どんなに女君の強い抵抗にあっても、《盗みもて》と自らを盗人呼ばわりして居直ろうとも、源氏は女君がただかわいくてならないのだ。

自分は長い間、女君を何と《あはれ》な子だろうと思って惜しみない愛情を注いできたつもりだったが、新たに女君と結ばれた今はこれまでの気持ちなんぞ《片端にもあらざりけり》と思う。本当の夫婦となってみて初めて女君へのいとしさを実感する。これまでの愛情は何だったのか、こんなにもはかなくうわべだけのものだったのかと、わが心ながら変わりようの激しさを持て余し、《人の心こそうたてあるものはあれ》と呆れ果てるしかない。《うたて》は異様に怪しい意。女君への愛しさは募るばかりで、《今は一夜も隔てむことのわりなかるべきこととおぼさる》と、源氏は初々しい恋のはじまりに身も心も奪われていく。《わりなかるべき》は耐えがたく苦しい意。

源氏が命じて里で密かに作らせた餅を惟光は、《忍びていたう夜ふかして》西の対まで持って来る。源氏たちが結婚の祝いにと食する頃合いをはかりつつ人目に立たないよう気を遣う。そして女君の元には誰が届けるのが最適か思案を巡らす。

いつも側に控える少納言が考えられるが、惟光は《おとなしくて、はづかしくやおぼさむ》と、少納言のように何でも知っている大人から渡されるのは恥ずかしいことに違いないと女君の気持ちを推し量る。惟光は《思ひやり深く心しらひて》女君の気持ちにぴったり寄り添おうとする。「心しらふ」は心づかいをすること。

男女のことには疎い若い人の方がかえっていいのではないかと考えて、少納言の娘の弁という女房を呼び出す。娘に《これ忍びて参らせたまへ》と命じて、《香壺の筥》を一つさし出す。《香壺の筥》は香を入れる壺を収める箱なのだが、惟光はその中に餅を入れて外からわからないように配慮する。弁には心を込めて作った祝いの品を大事に扱ってもらいたくて、《たしかに御枕上に参らすべき祝ひのものにはべる。あなかしこ、あだにな》と念を押す。《あなかしこ》は決しての意。《あだにな》の《な》は「な…そ」の略した言い方でおろそかに扱うなの意。

しかし娘は何か腑に落ちない様子で《あだなることは、まだならはぬものを》と言い返しながら筥を受け取る。ここの《あだなる》は浮気であるの意。一つのことばを別の意味に用いて返す応答の型を娘も聞きかじっていた。《あだ》の意味もよくわからないまま型だけ真似をして背伸びをして見せたのである。惟光は《あだ》などということばを不用意に口にされたら困ると思い、《まことに、今はさる文字忌ませたまへよ。よもまじりはべらじ》と、強い口調でよくよく言い含める。

惟光が思ったように、娘は《けしきもえ深く思ひ寄らねば》と、何のために届けるのか詮索したりすることもなく、言われた通り女君のいる所まで持って行くと、几帳の枕上あたりに差し入れた。語り手が《君ぞ、例の聞こえ知らせたまふらむかし》と一言付け加える。語り手には源氏がいつもの調子で三日夜の餅の由来を女君に教えている様が目に浮かぶ。《らむかし》と推量のことばに念を押すことばが重なって、二人の仲睦まじい日常を知る語り手の、結婚してもいつもの光景に変わりはないはずという確信が伝わる。

人はえ知らぬに、翌朝《つとめて》この筥《はこ》をまかでさせたまへるにぞ、親しき限りの人々、思ひ合はすることどもありける。御皿どもなど、いつのまにかしいでけむ、花足《けそく》いときよらにして、餅《もちひ》のさまも、ことさらび、いとをかしうととのへたり。少納言は、いとかうしもやとこそ思ひきこえさせつれ、あはれにかたじけなく、おぼしいたらぬこと

なき御心ばへを、まづうち泣かれぬ。「さても、うちうちにのたまはせよな。かの人も、いかに思ひつらむ」と、ささめきあへり。

こうして三日夜の餅のことは惟光が秘密裡に事を進めたので、女房たちもそんな事情を一切知ることはできなかった。女房たちが知ったのは翌朝のことである。《この筥をまかでさせたまへるにぞ》と、女房たちは下げられていた筥に、何だろうかと驚きの目を向ける。女房たちの中でも側近くに仕えている者だけはやがて、《思ひ合はすることどももありける》と筥の意味を覚る。

源氏と女君がれっきとした夫婦であるとは誰しも疑う余地のないこととして、女房たちも日ごろから仕えてきた。が、近しい女房は女君の振る舞いがあまりに子供っぽくて妻の立場にある人とは思えない時がしばしばあり、密かに疑念は抱いていた。筥を見て三日夜の餅であると察し、謎は解ける。他の女房たちも何があったのかを知るが、皆の関心は筥に集まる。《御皿どもなど、いつのまにかしいでけむ、花足いときよらにして、餅のさまも、ことさらび、いとをかしうととのへたり》と観察は細かい。餅は特に趣向を凝らし念を入れて作ってあること、皿やその他の道具類もどこから調達したのかと思うほど立派なものを使っていること、皿を乗せる花足が大層美しくて見事であることなど隅々にまで熱い視線を注ぐ。女房たちは惟光の仕業と見当をつけるが自分たちが、知らない間にこれだけのものを一体いつ準備したのだろうかと不思議でならない。

このことを知った乳母の少納言は感無量である。少納言としては源氏が未熟な女君を気に入って特別に目をかけてくれていることを、心から有り難いことだと思っていたが、《いとかうしもやとこそ思ひきこえさせつれ》と、まさか正式な妻の一人として認められるなどとは思ってもいなかったことだった。女君を思う源氏の気持ちが《あはれにかたじけなく》身に沁み、《おぼしいたらぬことなき御心ばへ》を思うと《まづうち泣かれぬ》と、ただもう感極まって涙が溢れてくるのだった。

しかし、女房たちは主人の祝い事の準備に自分たちが手出しもできなかったことが心残りでならない。さまざま準備をしつつ晴れがましい思いを味わってみたかったのにと思う。《さても、うちうちにのたまはせよな。かの人も、いかに思ひつらむ》と、自分たちに命じてくれなかった源氏を恨む一方、惟光の心づかいもさぞ大変だっただろうなどと口々にささやき合うのだった。

まことのよるべ

かくてのちは、内裏《うち》にも院にも、あからさまに参りたまへるほどだに、静心《しづごころ》なくおもかげに恋しければ、あやしの心やと、われながらおぼさる。通ひたまひし所々よりは、うらめしげにおどろかしきこえたまひなどすれば、いとほしとおぼすもあれど、新手枕《にひたまくら》の心苦しくて、「夜《よ》をや隔てむ」と、おぼしわづらはるれば、いとものの憂くて、なやましげにのみもてなしたまひて、「世の中のいと憂《う》くおぼゆるほど過ぐしてなむ、人にも見えたてまつるべき」とのみいらへたまひつつ過ぐしたまふ。

こうしてささやかながら三日夜の餅を祝ったのち、源氏は《内裏にも院にも、あからさまに参りたまへるほどだに、静心なくおもかげに恋しければ、あやしの心やと、われながらおぼさる》と、熱に浮かされたように女君を恋慕う。一時も女君の元を離れたくない。内裏や院に参内のため、ほんの一時は離れなければならないこともあるが、そんな時でさえ女君の面影が付いてまわって心が乱れ落ち着いてはいられない。身も世もなく女君にのめりこんで憚らない有様に《あやしの心や》と、自身戸惑うばかりである。

これまで通っていた女たちからは、《うらめしげにおどろかしきこえたまひなどすれば》と便りが届く。手紙には、源氏が来てくれないことを恨み気を引くために絞り出したことばが書き連ねてある。中には《いとほし》と、気持ちが揺らぐ手紙もあったが、だからと言ってその女を訪ねる気にはならない。

ともかくも今は《新手枕の心苦しくて、「夜をや隔てむ」と、おぼしわづらはるれば》と新妻のことで身も心も一杯である。《新手枕》は新妻の女君を指す。《「夜をや隔てむ」》《新手枕》は「若草の新手枕をまきそめて夜をや隔てむ憎からなくに」（古今集）の歌を踏まえる。ここで歌われてる気持ちと同じように、たとえ一夜でも女君の元を離れて他の女の所に行くことなどできそうにない。女君がどう思うのか、女君の気持ちを思うと気になってたまらなくなる。

しかし手紙をくれた女たちには知らぬ顔を決め込んで放っておくこともできない。どうしたらいいものか源氏は思い悩む。が、どうしても《いともの憂くて》気が進まない。女たちには《なやましげにのみもてなしたまひて》と、体調がすぐれないことをもっぱらの口実にしてやりすごすことにする。

実際に源氏が女たちに当てて書いた返事は《世の中のいと憂くおぼゆるほど過ぐしてなむ、人にも見えたてまつるべき》という文面だった。《なやましげにのみ》という陳腐な言い方では口実が悟られると思い直し、《世の中のいと憂くおぼゆるほど》を口実とした。《ほど》は期間を表すことばで服喪中を指す。妻を亡くしてまだつらい気持ちでいるというならば世間も文句なしに認め苛つく女たちの神経もしばらくは収まったのである。

今后《いまきさき》は、御匣殿《みくしげどの》、なほこの大将にのみ心つけたまへるを、「げにはた、かくやむごとなかりつる方も失せたまひぬめるを、さてもあらむに、などかくちをしからむ」など、大臣《おとど》のたまふに、いと憎しと思ひきこえたまひて、「宮仕へも、をさをさしくだにしなしたまへらば、などかあしからむ」と、参らせたてまつらむことをおぼしはげむ。君も、おしなべてのさまにはおぼえざりしを、くちをしとはおぼせど、ただ今は異様《ことざま》に分くる御心もなくて、何かは、かばかり短《みじか》かめる世に、かくて思ひ定まりなむ、人の怨みも負ふまじかりけりと、いとどあやふく思《おも》ほし懲《こ》りにたり。

かの御息所はいといとほしけれど、まことのよるべと頼みきこえむにはかならず心おかれぬべし、年ごろのやうにて見過ぐしたまはば、さるべきをりふしにもの聞こえあはする人にてはあらむなど、さすがに、ことのほかにはおぼしはなたず。

《今后》の弘徽殿大后の妹、《御匣殿》は『花宴』の巻では「有明の君」と呼ばれ、華やかな登場を飾った姫君である。東宮妃入内の直前だったが、源氏と出逢って恋が始まり入内の機会は逸してしまった。あれから二年経た今も、《なほこの大将にのみ心つけたまへるを》と、源氏との恋は終わらず、一層源氏に執着しているらしいのが、弘徽殿大后はいまいましくてならない。

そんな妹の情けない有様を父の右大臣は咎めるどころか、《げにはた、かくやむごとなかりつる方も失せたまひぬめるを、さてもあらはに、などかくくちをしからむ》と言って甘やかす。源氏は左大臣家の妻を亡くした後だからこの際、源氏に鞍替えしてその地位を継ぐ妻となっても一向にさしつかえないのではないかという考えである。

大后は父の安易さが腹立たしく許せない。妹を源氏の正式な妻とさせるなどとんでもないことである。《宮仕へも、をさをさしくだにしなしたまへらば、などかあしからむ》と強い口調で反論しないではいられない。《をさをさしく》はしっかりしている意。今の御匣殿の別当（長官）職を真面目に務めてさえいれば入内の道は開けるはずだと思う。御匣殿は宮中の衣服を調整する役所に勤める女官を監督する役。《参らせたてまつらむことをおぼしはげむ》と、大后は、御匣殿はあくまで入内させるべきであると持論にこだわる。《おぼしはげむ》ということばから伺えるように大后は、妹が入内できるようしかるべき所へ熱心な働きかけを行ったようである。

源氏の御匣殿に対する思いは強く、危うい橋を渡らなければ逢えない女の魅力はしっかりと源氏の心をとらえていた。御匣殿が宮中に上ってしまうと聞けば残念なことには思う。が今どうこうしようという気は起こらない。

《ただ今は異様に分くる御心もなくて》、この溢れんばかりの気持ちも女君だけのものという気がする。最も身近にいて馴れ親しんできた女君をかくまでいとしく感じられることは何にもかえがたい尊い気持ちのように思う。

《何かは、かばかり短める世に、かくて思ひ定まりなむ》と、源氏の心は女君にひたと絞られる。亡き北の方とのはかない縁を思うと、この世の短さが痛切に迫る。他の女に気を移してさ迷っている場合ではないのだ。この先も心から打ちとけられ共に歩んでいける女は女君しか考えられない。

源氏は《人の怨みも負ふまじかりけりと、いとどあやふく思ほし懲りにたり》と自らを戒め自重する。あちらこちらの女に気を遣い自分なりの誠意を見せても結局は恨みを負ってしまうのは何とつまらないことか、相手を傷つけ窮地に追い込み自らも苦しむ。女の恨みなどもう沢山だとつくづくと思う。

源氏には身分の上からも世間的信望の上からも、亡き北の方に代わる妻の地位を与えられてもおかしくはない御息所がいた。が、そのような人として源氏が選んだのは孤児同然の女君だった。御息所を選ばなかったことは《いとほしけれど》と、心苦しくてならないのだが、《まことのよるべ》を女君としたい気持ちは他の誰かに譲れるものではなかった。

御息所とは高貴な人柄と深い教養に引かれて付き合ってきたが、打ちとけにくい人となりが次第に重く感じられ足も遠のくようになってしまった。御息所をないがしろにしてはならぬと院にも強く諌められたが、源氏は今《まことのよるべと頼みきこえむにはかならず心おかれぬべし》と断言できる。「心おく」は気兼ねをすること。《かならず》《べし》といった強いことばで御息所との「心おく」関係は修復できないことを強調する。御息所に対する扱いを変えて正式な妻としたところで今さらに打ちとけられるようになるとは思えない。二人の間には年月のうちに積もった澱《おり》のようなものが邪魔をして心に思うことを直に口にできなくなっている。《年ごろのやうにて見過ぐしたまはば、さるべきをりふしにもの聞こえあはする人にてはあらむ》と御息所という人を改めて自分の中に位置づける。御息所には軽すぎる扱いだし、御息所の気持ちを無視してこちらの勝手を通すことになるのは重々承知の上で、これまでのように通い所の一人としての扱いに甘んじてもらうしかない。

そうしてつながっていれば何か心に響くことがあった時には手紙を交わし合うことができる。源氏はどの女も及ばない洗練された御息所の感性とは向き合いたいと願う。《聞こえあはする》ということばが、なお御息所を求め御息所に執着する源氏の気持ちを表す。《さすがに、ことのほかにはおぼしはなたず》と、語り手が御息所にこだわる源氏の心の内を結論づける。《さすがに》は生霊のことなどで御息所を疎ましく思うこともあったがの意。《ことのほかに》は関係なくの意。語り手はあれほど嫌なことがあったのにむやみと見捨てるようなことはしないところに源氏の人となりを見ているようである。

この姫君を、今まで世人《よひと》もその人とも知りきこえぬ、ものげなきやうなり、父宮に知らせきこえてむと、思ほしなりて、御裳着《もぎ》のこと、人にあまねくはのたまはねど、なべてならぬさまにおぼしまうくる御用意など、いとありがたけれど、女君はこよなううとみきこえたまひて、年ごろよろづに頼みきこえて、まつはしきこえけるこそ、あさましき心なりけれと、くやしうのみおぼして、さやかにも見合はせたてまつりたまはず、聞こえたはぶれたまふも、苦しうわりなきものにおぼしむすぼほれて、ありしにもあらずなりたまへる御ありさまを、をかしうもいとほしうもおぼされて、「年ごろ思ひきこえし本意《ほい》なく、馴れはまさらぬ御けしきの心憂きこと」と、怨みきこえたまふほどに、年もかへりぬ。

この姫君を二条の院に引き取ってからは世間の目には触れないようにことさら用心をしてきたので、未だに世間の人々は素性を知らない。人々は《ものげなきやうなり》と見ているようだが、正式な妻として迎える気持ちも定まれば、行方不明と思っている父宮に事情の一切を知らせなくてはなるまいと思う。「ものげなし」はたいしたものではない意。世間の人々には身分を明かし姫君の立場をれっきとしたものにしなければならないと思う。

源氏の心遣いについては《御裳着のこと、人にあまねくはのたまはねど、なべてならぬさまにおぼしまうくる御用意など、いとありがたけれど》と語られる。《裳着》とは男子の成人式に相当する、女子の成人式のこと。初めて裳をつける儀式で結婚の資格を得たことを披露する。姫君の《御裳着》は普通と順序が違い結婚の後に行われた。《人にあまねくはのたまはねど》と広く世間に知らしめる儀式とはせず、ささやかな《御裳着》ではあったが並々ならぬ思いを込めて準備をしたのである。語り手は何の後ろ楯も社会的基盤もない姫君のために心遣いを惜しまない源氏を《いとありがたけれど》と賞めたたえる。

だが肝心の女君は《こよなううとみきこえたまひて》と、源氏をひどく嫌って何かにつけてすげない態度を取る。女君は《年ごろよろづに頼みきこえて、まつはしきこえけるこそ、あさましき心なりけれ》と、自分の情けなさに対する嫌悪の情で一杯なのだ。何故自分は長い間あのような人の言うことなすことすべてを信じ切って頼ってしまったのだろう。何の疑いもなく無邪気にあの人に甘えていた自分がたまらなく恥ずかしくて嫌だ。《くやしうのみおぼして》と源氏に対する反発と自己嫌悪の気持ちがないまぜになって女君を苛む。気持ちの整理がつかないままもがき苦しんでいるのに源氏が側を離れようとしないのが女君にはうっとうしい。

源氏はそんな女君の機嫌をとり結ぼうとやっきとなる。が女君の視線をとらえようとしても《さやかにも見合はせたてまつりたまはず》と、女君は容易には内に踏み込ませない。源氏が困って冗談を言いかけたりしても《苦しうわりなきものにおぼしむすぼほれて》と女君は固い表情のまま取り合おうともしない。《おぼしむすぼほれて》は「おもひむすぼほれる」の敬語で心にわだかまりがあって気持ちが晴れない時に使う。気がふさぐ意。

心の葛藤をどこまでも見据えて苦しむ《ありしにもあらずなりたまへる御ありさまを》の女君の姿を目の当たりにしたのは初めてだった。何事にも打てば響く快活さで源氏の心を慰めてくれた少女はもう存在しない。目の前の女君は源氏の知る少女ではなくて初々しいばかりの未知の女のようである。源氏は自分を激しく拒む女君に恥じらいの表情を見て取り《をかしうもいとほしうもおぼされて》と温かい眼差しで受け止める。しかし表向きには不機嫌きわまりない女君には源氏は源氏らしく《年ごろ思ひきこえし本意なく、馴れはまさらぬ御けしきの心憂きこと》と恨み言をぶつけたりしているうちにその年も明ける。《本意なく》は期待がはずれての意。

《馴れはまさらぬ》は「御狩する雁羽の小野のなら柴の馴れはまさらず恋こそまされ」(万葉集)という歌の一節。女君の打ちとけてくれない態度を指す。歌の一節を引用したことにより「恋こそまされ」と詠まれた思いは源氏の気持ちそのものであることを伝える。

左大臣家の新年

朔日《ついたち》の日は、例の、院に参りたまひてぞ、内裏《うち》、春宮《とうぐう》などにも参りたまふ。それより大殿《おほいとの》にまかでたまへり。大臣《おとど》、新しき年ともいはず、昔の御ことども聞こえいでたまひて、さうざうしく悲しとおぼすに、いとどかくさへわたりたまへるにつけて、念じかへしたまへど、堪へがたうおぼしたり。御年の加はるけにや、ものものしきけさへ添ひたまひて、ありしよりけに、きよらに見えたまふ。立ち出でて御方に入りたまへれば、人々もめづらしう見たてまつりて忍びあへず。若君見たてまつりたまへば、こよなうおよすけて、笑ひがちにおはするもあはれなり。まみ、口つき、ただ春宮《とうぐう》の御同じさまなれば、人もこそ見たてまつりとがむれと見たまふ。御しつらひなどもかはらず、御衣掛《みそかけ》の御装束《さうぞく》など、例のやうにし掛けられたるに、女のが並ばぬこそ、栄《はえ》なくさうざうしけれ。

元旦を迎えた源氏は、いつものようにまず院へ参上してから内裏、春宮へと出向き、参賀の挨拶をすませ、そこから左大臣邸へと退出する。妻のための服喪は三ヶ月、亡くなったのは八月二十日ころだから喪はすでに明けている。源氏は美々しい束帯姿の正装で新年の風を運び込む。しかし最愛の娘を亡くした左大臣家に新年の訪れはない。

《大臣、新しき年ともいはず、昔の御ことども聞こえいでたまひて、さうざうしく悲しとおぼすに》と、左大臣は世の中の暦にはお構いなく新年の今日も悲しみに閉ざされた日を迎える。大宮を相手に昔のことを語り出して気を紛らわそうとするが、娘の不在に気づかされると悲しみが突き上げてきて平静ではいられなくなる。そんな時、源氏の訪問が告げられる。

源氏に会うに当たっては《いとどかくさへわたりたまへるにつけて、念じかへしたまへど、堪へがたう》思うので、取り乱すまいと心に決める。源氏に会えば悲しみがいやまさり押さえきれずに醜態を曝してしまうのでないかと不安が頭をかすめるからだ。《念じかへす》は思い返して我慢すること。

しかし久々に源氏を見れば一つ年を加えたせいか《ものものしきけさへ添ひたまひて》と一枚風格が加わり、大人としての輝きを放って以前よりずっと美しい。満足そうに源氏を眺める左大臣の元を辞して、源氏は思い出深い《御方》の部屋に入っていく。一段と磨きがかかって美しい源氏を女房たちも《めづらしう》見やり、様々思いが込み上げて涙ぐむ。

源氏は若宮に会うが若宮は一寸見ない間に《こよなうおよすけて》驚く。《笑ひがちにおはする》母のいない子の、その表情が《あはれ》で胸を衝かれる。よくよく見れば目元も口のあたりも春宮とそっくりで、源氏の胸には《人もこそ見たてまつりとがむれ》という不安がよぎる。《人もこそ》の《もこそ》はそうなっては困るという危惧の念を表すことば。冷静に考えれば世間の人が春宮と左大臣家で育つ源氏の子を結びつけて疑いの目を向けるなどということはあり得ないことだが、源氏にはそのようにしか見えない。

あたりを見回すと調度品の類は以前のままで、《御衣掛》には今年もいつものように正月に着る源氏の《御装束》が掛かっている。しかし、今年違うのは同じ衣掛に《女のが並ばぬ》光景だった。語り手がその何とも殺風景なさまを《栄えなくさうざうしけれ》と嘆く。それは源氏のあでやかな衣装をもってしても到底埋め合わせることができないさびしさだった。

宮の御消息《せうそこ》にて、「今日はいみじく思ひたまへ忍ぶるを、かくわたらせたまへるになむ、なかなか」など聞こえたまひて、「昔にならひはべりにける御よそひも、月ごろはいとど涙に霧《き》りふたがりて、色あひなく御覧ぜられはべらむと思ひたまふれど、今日ばかりは、なほやつれさせたまへ」とて、いみじくし尽くしたまへるものども、また重ねてたてまつれたまへり。かならず今日たてまつるべきとおぼしける御下襲《したがさね》は、色も織りざまも、世の常ならず、心ことなるを、かひなくやはとて、着かへたまふ。来ざらましかば、くちをしうおぼさましと、心苦し。御返りには、「春や来ぬる」ともまづ御覧ぜられになむ、参りはべりつれど、思ひたまへ出でらるること多くて、え聞こえさせはべらず。

あまた年今日あらためし色ごろも
　きては涙ぞふるここちする
えこそ思ひたまへしづめね。
と聞こえたまへり。御返し、
新しき年ともいはずふるものは
　ふりぬる人の涙なりけり
おろかなるべきことにぞあらぬや。

大宮からの便りが届けられる。《「今日はいみじく思ひたまへ忍ぶるを、かくわたらせたまへるになむ、なかなか」》とある。大宮にとって源氏の来訪は、今日は元旦だからとこらえていた涙を呼び寄せてしまったようである。源氏のためにあつらえておいた衣装のことにも触れ《昔にならひはべりにける御よそひも、月ごろはいとど涙に霧ふたがりて、色あひなく御覧ぜられはべらむと思ひたまふれど、今日ばかりは、なほやつれさせたまへ》と、断る。

大宮が源氏のために衣装を作るのは習い性になって婿でなくなってからもあたりまえのように作り続けている。が、この数ヶ月というもの何かと涙で《霧ふたがりて》、配色の具合が見定められない、染色の仕上がりが今いちで見苦しいものになってしまった。だが今日だけはこんな粗末なものだが着てほしいと言って、《いみじくし尽くしたまへるものども》、精魂込めて縫い上げた衣装の数々を《御衣掛の御衣装》の他に贈る。

その中のひとつ、裾を長く引く下襲は、今日のような特別の日に着用する礼服である。大宮は《かならず今日たてまつるべき》と心に決めて一心に仕立て上げた。それは《色も織りざまも、世の常ならず、心ことなるを》と、これまで目にしたことがないような美しいものだった。洗練された色合い、きめこまやかな仕立ての巧みさに目を奪われる。

自分のためにここまで力を尽くしてくれた大宮の気持ちを無にはしたくない。《かひなくやは》と言って着替える。今日来てよかった、《来ざらましかば》さぞ《くちをしう》思っただろうにと胸をなでおろす。源氏は亡き娘への鎮魂の思いを下襲を縫い上げる日々に込めた大宮の心根に思いを馳せ《心苦し》と思う。

身に余る心づくしの着物の数々を贈られた源氏は御礼の手紙をしたためる。《「春や来ぬる」ともまづ御覧ぜられになむ、参りはべりつれど、思ひたまへ出でらるること多くて、え聞こえさせはべらず》と前書き。時が止まっているだろう左大臣家に外の風を入れて《春や来ぬる》ことを知らせたかった、が左大臣家に足を踏み入れれば思い出が押し寄せて何も言えなかったと言う。

歌は《あまた年今日あらためし色ごろもきては涙ぞふるここちする》とあり、《えこそ思ひたまへしづめね》と後書きが添えられる。《ふる》は降ると古る、《きて》は来てと着てをかける。何年も元旦に伺ってはここで美しい色の着物に着替えてきた、今年もそうしたが、涙が降るほどこぼれ、昔のことが思い出されて気持ちを静めることができないと悲しみを詠い上げる。大宮からは《新しき年ともいはずふるものはふりぬる人の涙なりけり》と返歌が届く。大宮も《ふる》の掛詞を使い、新年になろうがかまわず降るのは老いた親の涙だと嘆きを重ねる。

語り手が《おろかなるべきことにぞあらぬや》と一言説明を加える。源氏も大宮も元旦なのに忌むべき涙を詠うとは悲しみも余程のものなのだろうと共感する。ふたりの悲しみは御息所をはじめとして、それぞれの悲しみをえぐってきた葵の巻の幕切れにふさわしい余韻を残すのだった。

《主な参考文献》

「新潮日本古典集成　源氏物語　二」石田穣二・清水好子校注　新潮社　平成四年

「源氏物語評釈　第二巻若紫・花散里」玉上琢弥　角川書店　平成三年

「日本古典文学大系　源氏物語　一」　山岸徳平校注　岩波書店　昭和四十年

「日本古典全書　源氏物語二」　池田亀鑑校注　朝日新聞社　平成元年

「日本古典文学全集　源氏物語2」　阿部秋生・秋山虔・今井源衛・鈴木日出男校注　小学館　平成十六年

「源氏物語湖月抄（上）」　講談社学術文庫　北村季吟（有川武彦校訂）　講談社　平成二年

「源氏物語の鑑賞と基礎知識　葵」監修・鈴木一男　編集・宮崎荘平　至文堂　平成十二年

「潤一郎訳源氏物語　巻一」　中公文庫　訳者谷崎潤一郎　中央公論社　平成二年

「円地文子訳源氏物語　巻一」新潮文庫　訳者円地文子　新潮社　昭和六十一年

「日本国語大辞典」　小学館　昭和五十四年

「広辞苑第六版」　岩波書店　平成二十年

「旺文社古語辞典　第八版」　旺文社　平成六年

「全訳古語辞典第三版」　旺文社　平成十五年

「旺文社国語辞典第八版」　旺文社　平成四年

「明鏡国語辞典」　大修館書店　平成三年

「源氏物語辞典」　北山太著　平凡社　昭和三十九年
「平安時代の文学と生活」　池田亀鑑　至文堂　昭和四十一年
「源氏物語―その生活と文化」　日向一雅　中央公論美術出版　平成十六年
「源氏物語図典」　秋山虔・小町谷照彦編　小学館　平成十年
「源氏物語手鏡」　新潮選書　清水好子・森一郎・山本利達　新潮社　平成五年
「日本の色辞典」　吉岡幸夫　紫紅社　平成十二年
「源氏物語」　岩波現代文庫　大野晋　岩波書店　平成二十一年
「源氏物語のもののあはれ」　角川ソフィア文庫　大野晋　角川書店　平成十三年
「百鬼夜行の見える都市」　ちくま学芸文庫　田中貴子　筑摩書房　平成十四年
「源氏物語を読むために」　平凡社ライブラリー　西郷信綱　平凡社　平成十七年
「平安朝　女性のライフサイクル」　歴史文化ライブラリー　服藤早苗　吉川弘文館　平成十八年
「なまみこ物語・源氏物語私見」　講談社文芸文庫　円地文子　講談社　平成十六年
「源氏物語の世界」　秋山虔　東京大学出版会　昭和三十九年
「きもので読む源氏物語」　近藤富江　河出書房新社　平成二十二年

《論文》
「源氏物語の構造と文体―「葵」巻についての覚え書き」　室伏信助　「源氏物語の鑑賞と基礎知識」所収
「源氏物語の祭りの場と車争い」　林田孝和　「右　同」所収

あとがき

「袖濡るるこひじとかつは知りながらおりたつ田子のみづからぞ憂き」――北の方の病状を口実に姿を現さなかった源氏にすぐさま書き送った御息所の歌だが、この歌には嫉妬・怨恨などのどろどろした心情の一かけらもなく、心のままにひたすら己を見つめる澄み切った眼差しがあるだけである。

御息所は源氏に逢う時も胸に思いは満ちながら、かなりな年上を恥じてか身を引きがちで打ちとけることができない。自ずと男にとっては重たい女に映る。その人が思い余って内面を曝けだした。この苦しみを少しでもわかってもらいたかったのだ。心に渦巻く気持ちは何かに喩えて歌にするしかない。

「こひぢ」「田子」「おり立つ」と選ばれたことばは、いわゆる平安朝の雅な世界と縁遠いが、御息所のぎりぎりの思いを託して鮮やかな像を結び、滲み出る切なさは今も胸に迫る。だがこんなすごい歌を受け止めてくれる男などいるのだろうかと案じる通り、源氏はたじたじと身をかわして女をはぐらかす。

御息所はただ、男の心はとうに自分を離れているのがわかっていても、好きでたまらない気持ちを捨てられない弱い自分をどうすることもできずにあがくだけであり、そんな自分をごまかすことさえできない人なのだ。理性の極限において詠まれた歌はしかし、誰も受け止めてはくれず深い孤独の闇に突き落とされる。歌の心は魂と化して宙宇をさまよう。ゆきどころなく生霊となって源氏の北の方をかなぐる魂は、なおもあがき続けなければならない苦しみのなれの果ての姿を曝して悲しい。

この歌を頂点とする葵の巻は、状況というものに翻弄される人間の姿を意識の奥底までも追っていくリアリズムの目で捉えた世界が、見事な構成力をもって映し出されている。状況とは《車争い》に活写されているように、偶発的なりゆきが積み重なっていつのまにか醸されていく場である。

御息所が取り込まれてゆく《噂》も状況の一つであろう。もののけも生霊もそうした状況と人間の追い詰められた自意識のせめぎあいの中で生じたものの異形であると考える。

出産時に北の方に取り憑いて離れなかったもののけが調伏されかかって源氏に対面し、「いで、あらずや」などと源氏を制して「なつかしげ」におしゃべりする。その口調が北の方のものでも御息所のものでもなく、もののけ固有のリズムを持っており、もののけは名脇役の一人として異彩を放つ。恐るべき作者の想像力と描写力である。

人間の自意識というものの闇の、無意識の部分にまで分け入って描写化を試みていることに初めて触れた時は、『源氏物語』の底知れぬ深さに呆然とした。そしてまた「男君はとく起きたまひて、女君はさらに起きたまはぬ朝あり」という古語の表現に初めて触れた時は、何千語を費やしても書き尽くせないかもしれない男女の性差をこんなにも簡潔で的確に美しく表現し得ていることに衝撃を受けた。「葵」の巻は私にとって四十歳以後の人生を『源氏物語』に釘付けにし、今もされ続けているきっかけとなった。

芦部寿江さんと二人で作ってきた『イメージで読む源氏物語』シリーズは五冊目『紅葉賀・花宴』で終わった。しかし『源氏物語』は終わっていない。続きの物語を原文で読んでほしいという思いは強く、『原文からひろがる源氏物語』シリーズを起こし一人で書き続けることにした。

とはいえ、「葵」は長い。道のりの遠さに何度もめげそうになった。その度に現役高校教員の年来の友Oさんが背中をど突く鋭い言辞で立ち直らせてくれた。受験体制に縛られながらも高校生に熱く源氏を語り続けているTさんにも貴重な助言をもらった。

そして「長谷源氏の会」の世話役を務める竹田三枝子さんが現れる。書き上がった原稿に目を通しては、イメージが湧かない過剰な表現など指摘し直してくれるのだ。その都度偏見や思い込みによらない常識主婦（本人が標榜する）の新鮮な目線に教わった。この有り難い協力者は実は二十数年間住んでいた鎌倉笛田の家の大家さんで、私の幾多の弱みをしっかり握っている人なのだ。夫君健一さんと共に竹田家にはどれだけ助けられたかわからない大恩人なのである。そんなわけで三枝子さんは遠慮なくものを言ってくれる。そのおかげでやっと完成に漕ぎ着くことができた。

それから、題名を考えてくれたのは古語をこよなく愛する「およすく会」の皆さんである。

ウーンと言いながらいろんな意見を出してくれてひとつにまとまった。

また、それればかりでなく私が現在かかわっている『源氏物語』の読書会のメンバー一人ひとりの笑顔から無言の励ましを受け、それが何よりの完成へ向けてのエネルギーとなったことを実感している。

嫉妬深く、怨念やら情念の固まりのようなおどろおどろしい女に塗り込められている御息所を、もっと自由にしてあげて違ったイメージの女に甦らせたいと、心より願っている。

なお、原文は『新潮日本古典集成源氏物語二』から採用させていただいた。

平成二十二年十二月吉日

《著者紹介》
田中順子（たなか　じゅんこ）
1941年生まれ
東京都立大学大学院国文専攻修士課程修了
現住所　鎌倉市岡本2-2-1-311
http://homepage3.nifty.com/doppelgenji/

原文でひろがる源氏物語　葵

2010年11月25日　第一刷発行

著　者　田　中　順　子
発行者　斎　藤　草　子
発行所　一　莖　書　房
〒173-0001　東京都板橋区本町37-1
電話 03-3962-1354
FAX 03-3962-4310

組版／四月社　印刷／新灯印刷　製本／新里製本　ISBN978-4-87074-172-0　C0037